童言童語

蘇童

第一輯｜記憶碎片

目次

第二輯｜文字生涯

目次

童言童語

記憶碎片

第一輯

自行車之歌

一條寬闊的缺乏風景的街道，除了偶爾經過的公共汽車、東風牌或解放牌卡車，小汽車非常罕見，繁忙的交通主要體現在自行車的兩個輪子上。許多自行車輪子上的鍍光已經剝落，露出鏽跡，許多穿著灰色、藍色和軍綠色服裝的人騎著自行車在街道兩側川流不息，這是一部西方電影對七〇年代北京的描述——多麼笨拙卻又準確的描述。所有人都知道，看到自行車的海洋就看到了中國。

電影鏡頭遺漏的細部描寫現在由我來補充。那些自行車大多是黑色的，車型為二十六寸或者二十四寸，後者通常被稱為女車，但女車其實也很男性化，造型與男車同樣地顯得憨厚而堅固。偶爾地會出現幾輛紅色和藍色的跑車，它們的剎車線不是裸露垂直的鋼絲，而是一種被化纖材料修飾過的交叉線，在自行車龍頭前形成時髦的標誌——就像如今中央電視台的台標。彩色自行車的主人往往是一些不同尋常的年輕人，家中或許有錢，或許有權。這樣的自行車經過某些年輕人的面前時，有時會遇到刻意的阻攔。攔車人用意不一，有的只是出於嫉妒，故意給你製造一點麻煩；有的年輕人則很離譜，他們脅迫主人下車，然後爭先恐後地跨上去，借別人的車在街道上風光了一回。

我們現在要說的是普通的黑色的隨處可見的自行車，它們主要由三個品牌組成：永久、鳳凰和飛鴿。飛鴿是天津自行車廠的產品，在南方一帶比較少見。我們那裡的普通家庭所夢想的是一輛上海產的永久或者鳳凰牌自行車，已經有一輛永久的人家毫不掩飾地告訴別人，還想搞一輛鳳凰；已經有一輛男車的人家很貪心地找到在商場工作的親戚，說，能不能再弄到一輛二十四寸的女車？然而在一個物質匱乏的時代，這樣的要求就像你現在去向人家借錢炒股票，只能引起對方的反感。

有些剛剛得到自行車的愣頭青在街上「飆」車，為的是炫耀他的車和車技。看到這些傢伙風馳電掣般地掠過狹窄的街道，潑辣的婦女們會在後面罵：去充軍啊！騎車的聽不見，他們就像如今的賽車手在環形賽道上那樣享受著高速的快樂。也有騎車騎得太慢的人，同樣惹人側目。我一直忘不了一個穿舊軍裝的騎車的中年男人，也許是因為過於愛惜他的新車，也許是車技不好，他騎車的姿勢看上去很怪，歪著身子，頭部幾乎要趴在自行車龍頭上，他大概想不到有好多人在看他騎車。不巧的是這個人總是在黃昏經過我們街道，孩子們都在街上無事生非，不知為什麼那個人騎車的姿勢引起了孩子們一致的反感，認為他騎車姿勢像一隻烏龜。有一天我們突然衝著他大叫起來：烏龜！烏龜！我記得他回過頭向我們看了一眼，沒有理睬我們。但是這樣的態度並不能改變我們對這個騎車人莫名的厭惡。第二天我們等在街頭，當他準時從我們的地盤經過時，昨天的聲音更響亮更整齊地追逐著他：烏龜，烏龜！那個無辜的人終於憤怒了，我記得他跳下了車，雙目怒睜向我們跑來，大家紛紛向自己家逃散。我當然也是逃，但我跑進自家大門時向他望了一眼，正好看見他突然站住，他也在回頭張望，很明顯他對倚在牆邊的自行車放心不下。我忘不了他站在街中央時的猶豫，最後他轉過身跑向他的自行車。這個可憐的男人，為了保衛自行車，他承受了一群孩子無端的污辱。

我父親的那輛自行車是六〇年代出產的永久牌。從我記事到八〇年代離家求學，我父親一直騎著它早出晚歸。星期天的早晨我總是能看見父親在院子裡用紗線擦拭他的自行車。現在我是以感恩的心情想起了那輛自行車，因為它曾經維繫著我的生命。童年多病，許多早晨和黃昏我坐在父親的自行車上來往於去醫院的路上。曾經有一次我父親用自行車帶著我騎了二十里路，去鄉村尋找一個握有家傳祕方的赤腳醫生。我難以忘記這二十里路，大約十里是蘇州城內的那種石子路、青石板路（那時候的水泥瀝青路段只是在交通要道裝扮市容），另外十里路就是鄉村地帶海浪般起伏的泥路了。我像一隻小舢板一樣在父親身後顛簸，而我父親就像一個熟悉水情的水手，他盡量讓自行車的航行保持通暢。就像自信自己的車技一樣，他對我坐車的能力表示了充分的信任，他說：沒事，沒事，你坐穩些，我們馬上就到啦！

多少中國人對父親的自行車懷有異樣的親情。多少孩子在星期天騎上父親的自行車偷偷地出了門，去幹什麼？不幹什麼，就是去騎車！我記得我第一次騎車在蘇州城漫遊的經歷。我去了市中心的小廣場，小廣場四周有三家電影院，一家商場。我在三家電影院的櫥窗前看海報，同一部樣板戲，畫的都是女英雄柯湘，但有的柯湘是圓臉，有的柯湘卻畫成了個馬臉，這讓我很快對電影海報的製作水平做出了判斷。然後我進商場去轉了一圈，空盪盪的貨架沒有引起我的任何興趣。等我從商場出來，突然感到十分恐慌，巨大的恐慌感恰好就是自行車給我帶來的：我發現廣場空地上早已成為一片自行車的海洋，起碼有幾千輛自行車擺放在一起，黑壓壓的一片，每輛自行車看上去都像我們家的那一輛。我記住了它擺放的位置，但車輛管理員總是在擅自搬動你的車，我拿著鑰匙在自行車堆裡走過來走過去，頭腦中一片暈眩，我在驚慌中感受了當時中國自行車業的切膚之痛：設計雷同，不僅車的色澤和款式，甚至連車鎖都是一模一樣的！我找不到我的自行車了，我的鑰匙能夠捅進好多自行車的車鎖眼裡，但最後卻不能把鎖打開。車輛管理員在一邊制止我盲目的行為，她一直在向我嚷嚷：是哪一輛，你看好了再開！可我恰恰失去了分辨能力，這不怪我，令人不可思議的事情總是發生在自行車上。我覺得許多半新不舊的「永久」自行車的坐墊和書包架上，都散發出我父親和我自己身上的氣息，怎能不讓我感到迷惑？

自行車的故事總與找不到自行車有關，不怪車輛管理員們，只怪自行車太多了。相信許多與我遭遇相仿的孩子都在問他們的父母：自行車那麼難買，為什麼外面還有那麼多的自行車？這個問題大概是容易解答的，只是答案與自行車無關。答案是：中國，人太多了。

到了七〇年代末期，一種常州產的金獅牌自行車湧入了市場。人們評價說金獅自行車質量不如上海的永久和鳳凰，但不管怎麼說，新的自行車終於出現了。購買「金獅」還是需要購車券。打上「金獅一輛」記號的購車券同樣很難覓。我有個鄰居，女兒的對象是自行車商場的，那份職業使所有的街坊鄰居感興趣，他們普遍羨慕那個姑娘的婚姻前景，並試探著打聽未來女婿給未來岳父母帶了什麼禮物。那個將做岳父的也很坦率，當場從口袋裡掏出一張蓋著藍印的紙券，說：沒帶什麼，就是金獅一輛！

自行車高貴的歲月仍然在延續，不過應了一句革命格言：排除萬難，去爭取勝利。我們街上的許多人家後來品嘗了自行車的勝利，至少擁有了一輛金獅，而我父親在多年的公務員生涯中利用了一切能利用的關係，給我們家的院子推進了第三輛自行車——他不要「金獅」，主要是緣於對新產品天生的懷疑，他迷信「永久」和「鳳凰」，情願為此付出多倍的努力。

第三輛車是我父親替我買的，那是一九八〇年我中學畢業的前夕，他們說你假如考不上大學，這車就給你上班用。但我考上了。我父母又說，車放在家裡，等你大學畢業了，回家工作後再用。後來我大學畢業了，卻沒有回家鄉工作。於是我父母臉上流露出一種失望的表情，說：那就只好把車托運到南京去了，反正還是給你用。

一個悶熱的初秋下午，我從南京西站的貨倉裡找到了從蘇州托運來的那輛自行車。車子的三角杠都用布條細緻地包纏著，是為了避免裝卸工的野蠻裝卸弄壞了車子。我摸了一下輪胎，輪胎鼓鼓的，托運之前一定剛剛打了氣，這麼周到而細緻的事情一定是我父母合作的結晶。我騎上我的第一輛自行車離開了車站的貨倉，初秋的陽光灑在南京的馬路上，仍然熱辣辣的，我的心也是熱的，因為我知道從這一天起，生活將有所改變，我有了自行車，就像聽到了奔向新生活的發令槍，我必須出發了。

那輛自行車我用了五年，是一輛黑色的二十六寸的鳳凰牌自行車，與我父親的那輛「永久」何其相似。自行車國度的父親，總是為他們的孩子挑選一輛結實耐用的自行車，他們以為它會陪伴孩子們的大半個人生。但現實既令人感傷又使人欣喜，五年以後我的自行車被一個偷車人騎走了。我幾乎是懷著一種卸卻負擔的輕鬆心情，跑到自行車商店裡，挑選了一輛當時流行的十速跑車，是藍色的，是我孩提時代無法想像的一輛漂亮的威風凜凜的自行車。

這世界變化快——包括我們的自行車，我們的人生。許多年以後我仍然喜歡騎著自行車出門，我仍然喜歡打量年輕人的如同時裝般新穎美麗的自行車，有時你能從車流中發現一輛老「永久」或者老「鳳凰」，就像一張老人的寫滿滄桑的臉，讓你想起一些行將失傳的自行車的故事，我曾經跟在這麼一輛老「鳳凰」後面騎了很長時間，車的主人是一個五十來歲的男人，他的身邊是一個同樣騎車的背書包的女孩，女孩騎的是一輛目前非常流行的捷安特，是橘紅色的山地車，很明顯那是父女倆。我也趕路，沒有留心那父女倆一路上說了些什麼，但我要告訴大家的是，兩輛自行車在並駕齊驅的時候一定也在交談，兩輛自行車會說些什麼呢？其實大家都能猜到，是一種非常簡單的交流——

黑色的老「鳳凰」說：你走慢一點，想想過去！

橘紅色的「捷安特」卻說：你走快一點，想想未來！

雨和瓦

二十年前的雨聽起來與現在有所不同。雨點落在更早以前出產的青瓦上，室內的人便聽見一種清脆的鈴鐺般的敲擊聲。毫不矯飾地說，青瓦上的雨聲確實像音樂，只是隱身的樂手天生性情乖張喜怒無常，突然地它失去了耐心，雨聲像鞭炮一樣當空炸響。你懷疑如此狂暴的雨是否懷著滿腔惡意，然後忽然地它又倦怠了，撒手不幹了，於是我們只能聽見鬱積在屋簷上的雨水聽憑慣性滴落在窗前門外，小心翼翼的，懷著一種負疚的感覺。這時候沉寂的街道開始蘇醒，穿雨衣或打傘的人踩著雨的尾巴，走在回家的路上。有個什麼聲音在那裡歡呼起來：雨停啦！回家啦！

智利詩人聶魯達是個愛雨的人，他說：雨是一種敏感、恐怖的力量。他對雨的觀察和總結讓我感到惘然。是什麼東西使雨敏感？又是什麼東西使雨變得恐怖？我對這個無意義的問題充滿了興趣。請想像一場大雨將所有行人趕到了屋簷下，請想像人們來到室內，再大的雨點也不能淋濕你的衣服和文件，那麼是什麼替代我們去體會雨的敏感和恐怖呢。

二十年前我住在一座簡陋的南方民居中，我不滿意於房屋格局與材料的乏味，我對我家的房屋充滿了一種不屑。但是有一年夏天我爬上河對面水泥廠的倉庫屋頂，準備練習跳水的時候，我頭一次注意到了我家屋頂上的那一片藍黑色的小瓦，它們像魚鱗那樣整齊地排列著，顯出一種出人意料的壯美。對於我來說那是一次奇特的記憶，奇特的還有那天的天氣，一場暴雨突然來臨，幾個練習跳水的男孩乾脆冒雨留在高高的倉庫頂上，看著雨點急促地從天空中瀉落，沖刷著對岸熱騰騰的街道和房屋，沖刷著我們自己的身體。

那是我唯一一次在雨中看見我家的屋頂，暴雨落在青瓦上，濺出的不是水花，是一種灰白色的霧氣。然後雨勢變得小一些了，霧氣就散了，那些瓦片露出了它簡潔而流暢的線條。我注意到雨水與瓦的較量在一種高亢的節奏中進行，無法分辨誰是受傷害的一方。肉眼看見的現實是雨洗滌了瓦上的灰土，因為那些陳年的舊瓦突然煥發出嶄新的神采，在接受了這場突如其來的雨水沖洗後，它們開始閃閃發亮，而屋檐上的瓦楞草也重新恢復了植物應有的綠色。我第一次仔細觀察了雨水在屋頂上製作音樂的過程，並且有了一個新的發現：不是雨製造了音樂，是那些瓦對於雨水的反彈創造了音樂。

說起來是多麼奇怪，我從此認為雨的聲音就是瓦的聲音，無疑這是一種非常唯心的認識，這種認識與自然知識已經失去了關聯，只是與某個記憶有關。記憶賦予人的只是記憶。我記得我二十年前的家，除了上面說到的雨中的屋頂，還有我們家洞開的窗戶，遠遠的，隔著茫茫的雨簾，我從窗內看見了母親，她在家裡，正伏在縫紉機上趕製我和我哥哥的襯衣。

現在我不記得那件襯衣的去向了，我母親也早已去世多年。但是二十年前的一場暴雨使我對雨水情有獨鍾。假如有鋪滿青瓦的屋頂，我不認為雨是恐怖的事物；假如你母親曾經在雨聲中為你縫製新襯衣，我不認為你會有一顆孤獨的心。

這就是我對於雨的認識。

這也是我對於瓦的認識。

露天電影

直到現在我的記憶中還經常出現打穀場上的那塊銀幕。一塊白色的四周鑲著紫紅色邊的銀幕，用兩根竹竿草草地固定著，燈光已經提前打在上面，使鄉村寂寞漆黑的夜生活中出現了一個明亮歡快的窗口。如果你當時還匆匆行進在通往打穀場的田間小路上，如果你從城裡趕過來，如果新聞簡報已經開始，趕夜路的人的腳步會變得焦灼而恐慌。打穀場上發亮的銀幕對於他們好像是天堂的一扇窗，它打開了，一個原先是空虛的無所事事的夜晚便被徹底地充實了。

農用拖拉機、打穀機和一堆堆草垛被人淹沒了。附近鄉村的農民大多坐在前排，他們從家裡搬來了長凳和小板凳，這樣的夜晚他們很難得地成為了特權階層。更多的是一些像我們這樣來歷不明的孩子和青年人，他們在人群裡站著，或者在一片罵聲中擠到前排，在一個本來就擁擠的空間裡席地而坐，對來自身邊的推搡和埋怨置之不理。銀幕的反面也有人坐著，那些人顯得孤傲一些，為了不與他人擁擠和爭吵，情願欣賞一部「左撇子」電影。電影開始了，打穀場上的嘈雜聲漸漸地消失，人們熟悉的李向陽挎著盒子槍來了，梳直髮的讓年輕姑娘群起效仿的女游擊隊黨代表柯湘來了，油頭粉面的叛徒王連舉來了，陰險狡詐的日本鬼子松井大隊長也來了，孩子們在他們出場之前就報導了他們的消息，大人讓他們的孩子閉嘴，實際上這是一次人群與電影人物老友重逢的歡聚。打穀場上的人們憑藉經驗等待著那些朋友的到訪，不管是英雄還是壞人，他們一視同仁，熱情地報出你的名字。如果正是冬季，西北風會搞些惡作劇，那些出現在電影裡的人，男的，女的，他們的嘴臉都隨風歪斜著，不僅是壞人，好人或者英雄也被討厭的大風吹歪了嘴臉。我記得在一個大風之夜，美麗的女英雄柯湘始終歪著嘴巴高唱著〈亂雲飛〉。

打穀場上的歡樂隨著銀幕上出現一個「完」字而收場，然後是一片混亂。有的婦女這時候突然發現自己的孩子不見了，於是尖聲叫喊著孩子的名字，也有血氣方剛的小夥子突然扭打在一起，引得眾人紛紛躲避，一問原因，說是在剛才看電影時結了怨，誰的腦袋擋著誰的眼睛，誰也不肯讓一讓，這會兒是秋後算帳了，我那會兒年齡還小，跟著鄰居家的大孩子來到一個個陌生的打穀場，等到電影散場時卻總是找不到他們的人影了，因此關於露天電影的記憶也少不了那些令人恐懼的夜路。

我記得那些獨自回家的夜晚，隨著人流向田間小路走，漸漸地同行的人都折向了其他的村莊，只有我一個人走在漆黑的環城公路上。鄉間的空氣與工廠區完全是兩種氣息，乾草的清香和農家肥的氣味混雜在一起，撲進你的鼻孔。露天電影已經離你遠去，這時候你才意識到回家的路是那麼漫長，不安分的孩子開始為一部看過多次的電影付出代價了。代價是五里甚至十里夜路。沒有燈光，只有螢火蟲在田野深處盲目地飛行著，留下一些無用的光線。有幾次我獨自經過了郊外最大的墳地，親眼看到了人們所說的鬼火（現在才知道是骨質中磷的元素在搞鬼），而墳地特有的雜樹亂草加深了我的恐懼。我擺脫恐懼的方法就是不向恐懼的事物張望，我向公路的另一邊側著臉，側著臉狂奔，聽見風呼呼地劃過我的臉頰；所見墳地向身後漸漸地退去。當城郊接合部稠密的房屋像山嶺一樣出現在我的視線裡時，我覺得那些有燈光的窗口就像打穀場上的銀幕，成為我新的依靠。我急切地奔向我家的窗口，就像兩個小時以前奔向打穀場的那塊銀幕一樣。

金魚熱

一個東南亞的國王到我們那個城市去遊覽了三天，走的時候帶走了一缸金魚中的極品，這是七〇年代的事。我在街頭聽人議論這個國王，還有那些金魚。我沒有記住那些金魚的名稱，但是我記得很清楚的是，贈送金魚給國王的是一個普通的市民，有人認識他，說他人很笨，就是養魚養出了名堂。大家議論的不僅是國王和金魚，還有那個市民的光榮。

金魚熱隨後悄悄地在我們城市興起。

我突然發現城市裡有那麼多人養金魚，我卻一條也沒有，這使我悶悶不樂。那是一個容易失去卻難以擁有的年代，沒有地方出售金魚，就像沒有地方出售鮮花一樣。我總是在一個鄰居家的魚池邊用攫取的目光親近那些美麗的魚類，無法擁有渴望的東西是孩子們最大的心事，連我的家人也漸漸知道了我的心事。我姊姊一定不止一次地告訴別人：我弟弟一直想要幾條金魚！我母親則告訴她在工廠的同事：我兒子想要金魚想瘋了！

我頭一次得到金魚的狂喜只持續了短短的五天。是我姊姊帶回了那四條品相優美的五彩珍珠。我記得那四條金魚紅脊背上撒滿白色的斑點，有鄰居孩子告訴我，五彩珍珠是很好的品種。我記得那四條紅色的脊背上撒滿銀色斑點的金魚，記得這些金魚帶給我的五天的喜悅。那五天裡我出沒在養魚人出沒的水塘和護城河邊，我拚命打撈魚蟲，為金魚囤積食糧，我不知道我的金魚飽食過度瀕臨死亡的邊緣。

我一直記得我擁有「五彩珍珠」的準確時間，是短短的五天。第五天下午我放學回家，看見的是四條翻了肚子的金魚。我至今羞於提及我當時的表現，在一場驚天動地的痛哭聲中，我忘了追尋金魚的死因。我從未見過死去的金魚，死去的金魚是如此醜陋，從美麗到醜陋，彷彿是一個狡詐的騙局。我覺得自己受到了嘲弄，不僅失去，同時也受到了傷害。我的痛苦一定使我父母感到震驚了，我記得我母親一反平時不許諾的習慣，告訴我一定幫我找到新的金魚。

後來我母親就把那條歪尾巴的小金魚帶回了家，牠當時混在幾條稍大的被人們稱為「丹玉」的金魚中，顯得那麼卑瑣而低賤。所有的金魚都還沒有變色，而「歪尾巴」只有半指大小，黑呼呼的，甚至看不出牠是什麼品種。牠太特殊了，尤其是那條歪尾巴，牠與金魚之美背道而馳，我以一種嫌厭的心情給牠取了這個名字：歪尾巴。

我的養魚生涯到了後來是三心二意的，不是因為金魚不再可愛，而是因為隨著青春期的到來，我有了其他更大的心事。金魚熱在城市裡漸漸退潮，我的那批「丹玉」在幾個月中紛紛離我而去。可是我注意到「歪尾巴」的生命力，牠在我的魚缸裡越來越顯示出一種主人翁的姿態，在孤獨和飢餓中成長著，身子悄然泛出了紅色，而牠額頭上方越長越大的眼睛正用矜持的態度告訴我，我不是歪尾巴，我是一條「朝天龍」！

我要說的就是這條歪尾巴的「朝天龍」。在所有美麗的金魚逃離我的魚缸後，在我對金魚漸漸地失去興趣之後，牠一直伴隨了我四年時光。四年之後我已經遠離家鄉，在北京的學府裡寒窗苦讀，那些日子裡我從來沒有想起過我的歪尾巴金魚。有一天我收到我姊姊的來信，信中提到了我的最後一條金魚，說歪尾巴死了。她總結的歪尾巴的死因是一把梳子，她梳頭時不小心將梳子掉進了魚缸，梳子與金魚一起待了一會兒，梳子沒事，金魚卻死了。

我承認是歪尾巴金魚的死讓我重新回顧了我短暫的養魚生涯。我最終對這些小生命充滿了歉意，一切都是命定的，就像我對金魚的飼養注定不能修得正果，我不能將極品金魚奉獻給任何國王，我的歪尾巴金魚甚至不能奉獻給我自己。這是一條世界上最倔強的金魚，牠最終背叛了應該背叛的人，將自己奉獻給了一把梳子。

厄爾尼諾現象確實存在，一個最明顯的例證是現在的冬天不如從前的冷了，前幾年的冬天那麼馬虎地蜻蜓點水似的就過去了，讓人不知是喜是憂。冬季裡我仍然負責在中午時分送女兒去學校，偶爾會看見地上水窪裡的冰將融未融，薄薄的一層，看上去很脆弱，不像冰，倒像是一張塑料紙。我問我女兒早晨媽媽送她的時候冰是否厚一些，我女兒卻沒什麼印象，事實上她長這麼大，從來沒見過地上長出來的冰，那種厚厚的結結實實的冰。

北方人在冬天初次來到江南，幾乎每個人都用上當受騙的眼神瞪著你，說：怎麼這麼冷？你們這兒，怎麼會這麼冷？人們對江南冬季的錯覺不知從何而來，正如我當年北上求學時家裡人都擔心我能否經受北方的嚴寒，結果我在十一月的一天，發現北師大校園內連宿舍廁所的暖氣片也在嗞嗞作響，這使我對嚴冬的恐懼煙消雲散。

記憶中冬天總是很冷。西北風接連三天在窗外呼嘯不止，冬天中最寒冷的部分就來臨了。母親把一家六口人的棉衣從樟木箱裡取出來，六個人的棉衣、棉鞋、帽子、圍巾，不管你願意不願意，我們必須穿上散發著樟木味道的冬衣；不管你願意不願意，你必須走到大街上去迎接冬天的到來。

冬天來了，街道兩邊的人家關上了在另外三個季節敞開的木門，一條本來沒有祕密的街道不得已中露出了神祕的面目。室內和室外其實是一樣冷的，閒來無事的人都在空地上晒太陽。這說的是出太陽的天氣，但冬天的許多日子其實是陰天，空氣潮濕，天空是鉛灰色的，一切似乎都在醞釀著關於寒冷的更大的陰謀，而有線廣播的天氣預報一次次印證這種陰謀。廣播員不知躲在什麼地方用一種心安理得的語氣告訴大家，西伯利亞的強冷空氣正在南下，明天到達江南地區。

冬天的街道很乾淨，地上幾乎不見瓜皮果殼之類的垃圾，而且空氣中工業廢氣的氣味也被大風颳到了很遠的地方，因此我覺得張開鼻孔能聞見冬天自己的氣味。冬天的氣味或許算不上一種氣味，它清冽純淨，有時給鼻腔帶來酸澀的刺激。街上麻石路面的坑坑窪窪處結了厚厚的冰，尤其是在雪後的日子，人們為了對付路上的冰雪花樣百出，有人喜歡在膠鞋的鞋底上綁一道草繩來防滑，而孩子們利用路上的冰雪為自己尋找著樂子，他們穿著棉鞋滑過結冰的路面，以為那就叫滑冰。江南有諺語道，下雨下雪狗歡喜。也不知道那有什麼根據，我們街上很少有人家養狗，看不出狗在雨雪天裡有什麼特殊表現。我始終覺得這諺語用在孩子們身上更適合，孩子們在冬天的心情是苦悶的寂寞的，但一場大雪往往突然改變了冬天乏味難熬的本質。大雪過後孩子們衝出家門衝出學校，就像搖滾歌星崔健在歌中唱的，他們要在雪地裡撒點野，為自己製造一個撿來的節日。江南的雪讓人想到計畫生育，它很有節制、每年來那麼一場兩場，讓大人們皺一皺眉頭，也讓孩子們不至於對冬天恨之入骨。我最初對雪的記憶不是堆雪人，也不是打雪仗，說起來有點無聊，我把一大捧雪用手捏緊了，捏成一個冰坨坨，把它放在一個破茶缸裡保存，我腦子裡有一個模糊的念頭，要把那塊冰保存到春天，讓它成為一個絕無僅有的寶貝。結果可以想見，幾天後我把茶缸從煤球堆裡找出來，看見茶缸裡空無一物，甚至融化的冰水也沒有留下，因為它們已經從茶缸的破洞處滲到煤堆裡去了。

融雪的天氣是令人厭惡的，太陽高照著，但整個世界都是濕漉漉的，屋簷上的冰凌總是不慌不忙地向地面上滴著水。路上黑白分明，滿地污水悄悄地向窨井裡流去，而殘存的白雪還在負隅頑抗，街道上就像戰爭剛剛過去，一片狼藉。討厭的還有那些過分勤快的家庭主婦，天氣剛剛放晴她們就急忙把衣服、被單、尿布之類的東西晒出來，一條白色的街道就這樣被弄得亂七八糟。

冬季混跡於大雪的前後，或者就在大雪中來臨，江南民諺說邋遢冬至乾淨年，說的是情願犧牲一個冬至，也要一個乾淨的無雨無雪的春節。人們的要求常常被天公滿足，我記得冬至的街道總是一片泥濘的，江南人把冬至當成一個節日，家家戶戶要喝點東洋酒，吃點羊羹，也不知道出處何在。有一次我提著酒瓶去雜貨店打東洋酒，聞著酒實在是香，就在路上偷偷喝了幾口，回到家裡面紅耳赤的，棉衣後背上則濺滿了星星點點的污泥，被母親狠狠地訓斥了一通。現在我不記得母親是罵我嘴裡的酒氣還是罵我不該將新換上的棉衣弄那麼髒，反正我覺得冤枉，自己鑽到房間裡坐在床上，不知不覺中酒勁上來，竟然趴在床上睡著了。

人人都說江南好，但沒有人說江南的冬天好。我這人對季節氣溫的感受總是很平庸，異想天開地期望有一天我這裡的氣候也像雲南的昆明，四季如春。我不喜歡冬天，但當我想起從前的某個冬天，縮著脖子走在上學的路上，突然聽見我們街上的那家茶館裡傳來絲弦之聲，我走過去看見窗玻璃後面熱氣騰騰，一群老年男人坐在油膩的茶桌後面，各捧一杯熱茶，輕輕鬆鬆地聽著一男一女的評彈檔說書，看上去一點也不冷。我當時就想，這幫老傢伙，他們倒是自得其樂。現在我仍然記得這個冬天裡的溫暖場景，我想要是這麼著過冬，冬天就有點意思了。

夏天的一條街道

街上水果店的櫃檯是比較特別的，它們做成一個斜面，用木條隔成幾個大小相同的框子，一些瘦小的桃子，一些青綠色的酸蘋果躺在裡面，就像躺在荒涼的山坡上。水果店的女店員是一個和善的長相清秀的年輕姑娘，她總是安靜地守著她的崗位，但是誰會因為她人好就跑到水果店去買那些難以入口的水果呢？人們因此習慣性地忽略了水果在夏季裡的意義，他們經過寂寞的水果店和寂寞的女店員，去的是橋邊的糖果店。糖果店的三個中年婦女一年四季在櫃檯後面吵吵嚷嚷的，對人的態度也很蠻橫，其中一個婦女的眉角上有一個難看的刀疤，孩子走進去時她用沙啞的聲音問你：買什麼？那個刀疤就也張大了嘴問你：買什麼？但即使這樣糖果店在夏天仍然是孩子們熱愛的地方。

糖果店的冷飲櫃已經使用多年，每到夏季它就發出隆隆的歡叫聲。一塊黑板放在冷飲櫃上，上面寫著冷飲品種：赤豆棒冰四分，奶油棒冰五分，冰磚一角，汽水（不連瓶）八分。女店員在夏季一次次怒氣沖沖地打開冷飲機的蓋子，掀掉一塊棉墊子，孩子就伸出腦袋去看棉墊子下面排放得整整齊齊的冷飲。他會看見赤豆棒冰已經寥寥無幾，奶油棒冰和冰磚卻剩下很多，它們令人豔羨地躲避著炎熱，待在冰冷的霧氣裡。孩子也能理解這種現象，並不是奶油棒冰和冰磚不受歡迎，主要是它們的價格貴了幾分錢。孩子小心地揭開棒冰紙的一角，看棒冰的赤豆是否很多，挨了女店員一通訓斥，她說：看什麼看？都是機器做出來的，誰還存心欺負你？一天到晚就知道吃棒冰，吃棒冰，吃得肚子都結冰！

孩子嘴裡吮著一根棒冰，手裡拿著一個飯盒，在炎熱的午後的街道上拚命奔跑。飯盒裡的棒冰哐哐地撞擊著，毒辣的陽光威脅著棒冰脆弱的生命，所以孩子知道要盡快地跑回家，好讓家裡人享受到一種完整的冰冷的快樂。

最炎熱的日子裡，整個街道的麻石路面蒸騰著熱氣。人在街上走，感覺到塑料涼鞋下面的路快要燃燒了，手碰到路邊的房屋牆壁，牆也是熱的。人在街上走，懷疑世上的人們都被熱暈了，灼熱的空氣中有一種類似喘息的聲音，若有若無的，飄蕩在耳邊。饒舌的、嗓音洪亮的、無事生非的居民們都閉上了嘴巴，他們躺在竹躺椅上與炎熱鬥爭，因為炎熱而忘了文明禮貌，一味地追求通風。他們四仰八叉地躺在面向大街的門邊，張著大嘴巴打著時斷時續的呼嚕，手裡的扇子掉在地上也不知道，田徑褲的褲腿那麼肥大，暴露了男人的機密也不知道。有線廣播一如既往地開著，說評彈的藝人字正腔圓，又說到了武松醉打蔣門神的精采部分，可他們仍然呼呼地睡，把人家的好心當了驢肝肺。

下午三點鐘，陽光發生了可喜的變化，陽光從全線出擊變為區域防守，街上的房屋乘機利用自己的高度製造了一條「三八線」。「三八線」漸漸地游移，線的一側是熱和光明，另一側是涼快和幽暗，行人都非常勢利地走在幽暗的陰涼處。這使人想起正在電影院裡上映的朝鮮電影《金姬和銀姬的命運》，那些人為銀姬在「三八線」那側的悲慘命運哭得涕泗橫流，可在夏天他們卻選擇沒有陽光的路線，情願躲在銀姬的黑暗中。

太陽落山在夏季是那麼艱難，但它畢竟是要落山的。放暑假的孩子關注太陽的動靜，只是為了不失時機地早早跳到護城河裡，享受夏季賜予的最大的快樂。黃昏時分駛過河面的各類船隻小心謹慎，因為在這種時候整個城市的碼頭、房頂、窗戶和門洞裡，都有可能有個男孩大叫一聲，縱身跳進河水中。他們甚至要小心河面上漂浮的那些西瓜皮，因為有的西瓜皮是在河中游泳的孩子的泳帽，那些討厭的孩子，他們頭頂著半個西瓜皮，去抓來往船隻的錨鏈。他們玩水還很愛惜力氣，他們要求船家把他們帶到河的上游或者下游去。於是站在石埠上洗涮的母親看到了她們最擔心的情景：她們的孩子手抓船錨，跟著駁船在河面上乘風破浪，一會兒就看不見了，母親們喊破了嗓子，又有什麼用？

夜晚來臨，人們把街道當成了露天的食堂，許多人家把晚餐的桌子搬到了街邊，大人孩子坐在街上，嘴裡塞滿了食物，看著晚歸的人們騎著自行車從自己身邊經過。你當街吃飯，必然便宜了一些好管閒事的老婦人，有一些老婦人最喜歡觀察別人家今天吃了什麼。老婦人手搖一把葵扇，在街上的飯桌間走走停停，她覺得每一張飯桌都生意盎然。吃點什麼啊？她問。主婦就說，沒有什麼好吃的，鹹魚，炒蘿蔔乾。老婦人就說，還沒什麼好吃的呢，鹹魚不好吃？

天色漸漸地黑了，街上的居民們幾乎都在街上。有的人家切開了西瓜，一家人的腦袋圍攏在一隻破臉盆上方，大家有秩序地向臉盆裡吐出瓜子。有的人家的飯桌遲遲不撤，因為孩子還沒回來；後來孩子就回來了，身上濕漉漉的。惱怒的父親問兒子：去哪兒了？孩子不耐煩地說：游泳啊，你不是知道的嗎？父親就瞪著兒子處在發育中的身體，說：吊船吊到哪兒去了？兒子說：里口。父親的眼珠子憤怒得快暴出來了：讓你不要吊船你又吊船，你找死啊？就這樣當父親的在街上賞了兒子一記響亮的耳光，左右鄰居自然地圍過來了。一些聲音很憤怒，一些聲音不知所云，一些聲音語重心長，一些聲音帶著哀怨的哭腔，它們不可避免地交織起來，喧囂起來，即使很遠的地方也能聽見這樣豐富渾厚的聲音。於是有人向這邊匆匆跑來，有人手裡還端著飯碗，他們這樣跑著，炎熱的夏季便在夜晚找到了它的生機。

城北的橋

蘇州城自古有六城門之說，城市北端的齊門據說不在此範圍之中，但我卻是齊門人氏，準確地說我應該是蘇州齊門外人氏。

我從小生長的那條街道在齊門吊橋以北，從吊橋上下來，沿著一條狹窄的房屋密集的街道朝北走，會走過我的家門口。再走下去一里地，城市突然消失，你會看見郊區的鄉野景色，菜地、稻田、草垛、池塘和池塘裡農民放養的鴨群，所以我從小生長的地方其實是城市的邊緣。

即使是城市的邊緣，齊門外的這條街道依然是十足的南方風味，多年來我體驗這條街道也就體驗到了南方，我回憶這條街道也就回憶了南方。

齊門的吊橋從前真的是一座可以懸吊的木橋，它曾經是古人用於戰爭防禦的武器。請設想一下，假如圍繞蘇州城的所有吊橋在深夜一起懸吊起來，護城河就真正地把這個城市與外界隔絕開來，也就把所有生活在城門以外的蘇州人隔絕開來了。所幸我沒有生活在那個年代，事實上在我很小的時候齊門吊橋已經改建成一座中等規模的水泥大橋了。

但是齊門附近的居民多年來仍然習慣把護城河上的水泥橋叫做吊橋。

從吊橋上下來，沿著一條碎石鋪成的街道朝北走，你還會看見另外兩座橋，首先看見的當然是南馬路橋，再走下去就可以看見北馬路橋了。關於兩座橋的名稱是我沿用了齊門外人們的普通說法，我不知道它們是否有更文雅更正規的名稱，但我只想一如既往地談論這兩座橋。

兩座橋都是南方常見的石拱橋，橫臥於同一條河汊上，多年來它們像一對姊妹遙遙相望。它們確實像一對姊妹，都是單孔橋，橋孔下可容兩船共渡，橋堍兩側都有伸向河水的石階，河邊人家常常在那些石階上洗衣浣紗，橋堍下的石階也是街上男孩們戲水玩耍的去處。站在那兒將頭伸向橋孔內壁觀望，可以發現一塊石碑上刻著建橋的時間，我記得北馬路橋下的石碑刻的是清代道光年間，南馬路橋的歷史也許與其相仿吧。它們本來就是一對形神相隨的姊妹橋。

人站在南馬路橋上遙望北馬路橋卻是困難的，因為你的視線恰恰被橫臥兩橋之間的另一座龐然大物所阻隔。那是一座鋼灰色的直線形鐵路橋，著名的京滬鐵路穿過蘇州城北端，穿越齊門外的這條街道和傍街而流的河汊，於是出現了這座鐵路橋，於是我所描述的兩座橋就被割開了。我想那應該是六十年以前的事了，也許修建鐵路橋的是西方的洋人，也許那座直線形的鋼鐵大橋使人們感到陌生或崇拜，直到現在我們那條街上的人們仍然把那座鐵路橋稱做洋橋，或者就稱鐵路洋橋。

鐵路洋橋橫亙在齊門外的這條街道上，齊門外的人們幾乎每天都從鐵路洋橋下面來來往往，火車經常從你的頭頂轟鳴而過，濺下水氣、煤屑和莫名其妙的瓜皮果殼。

被阻隔的兩座石拱橋依然在河上遙遙相望，現在讓我來繼續描述這兩座古老的橋吧。

南馬路橋的西側被稱為下塘，下塘的居民房屋夾著一條更狹窄的小街，它與南馬路橋形成丁字走向。下塘沒有店鋪，所以下塘的居民每天都要走過南馬路橋，到橋這側的街上買菜辦貨。下塘的居民習慣把橋這側的街道稱為街，似乎他家門口的街就不是街了。下塘的婦女在南馬路橋相遇打招呼時，一個會說：街上有新鮮豬肉嗎？另一個則會說：街上什麼也沒有了。

南馬路橋的東側也就是齊門外的這條街了，橋堍周圍有一家糖果店、一家煤球店、一家肉店，還有一家老字號的藥鋪，有一個類似集市的蔬菜市場。每天早晨和黃昏，近郊的菜農挑來新摘的蔬菜沿街一字擺開，這種時候橋邊很熱鬧，也往往造成道路堵塞，使一些急於行路的騎車人心情煩躁而怨言相加。假如你有心想聽聽蘇州人怎麼鬥嘴吵架，橋邊的集市是一個很好的地點。而且南馬路橋附近的婦女相比北馬路橋的婦女似乎刁蠻潑辣了許多，這個現象無從解釋。在我的印象中，南馬路橋那裡是一個嘈雜的惹是生非的地方。

也許我家離北馬路橋更近一些，我也就更喜歡這座北馬路橋。我所就讀的中學就在北馬路橋斜對面不遠的地方。每天都要從橋下走過，有時候去母親的工廠吃午飯或者洗澡，就要背著書包爬過橋，數一數台階，一共十一級，當然總是十一級。爬過橋就是那條潔淨而短促的橫街了，橫街與北馬路橋相向而行，與齊門外的大街卻是垂著的或者說是橫著的，所以它就叫橫街。我不知道為什麼從小就喜歡這條橫街，或許是因為它街面潔淨房屋整齊，或許因為我母親每天都從這裡走過去工廠上班，或許只是因為橫街與齊門外的這條大街相反而成，它真的是一條橫著的街。

北馬路橋邊是一家茶館，兩層的木樓，三面長窗中一面對著河水，一面對著橋，一面對著大街。記憶中茶館裡總是一片濕潤的水氣和甘甜的芳香，茶客多為街上和附近郊區的老人，圍坐在一張張破舊的長桌前，五、六個人共喝一壺綠茶，談天說地或者無言而坐，偶爾有人在裡面唱一些彈詞開篇，大概是幾個評彈的票友。茶館燒水用的是老虎灶，灶前堆滿了礱糠。燒水的老女人是我母親的熟人，我母親告訴我她就是茶館從前的老闆娘，現在不是了，現在茶館是公家的了。

北馬路橋邊的茶館被許多人認為是南方典型的風景，曾經有幾家電影廠在這裡攝下這種風景，但是攝影師也許不知道橋邊茶館已經不復存在了，前年的一場大火把茶館燒成一片廢墟。那是炎夏七月之夜，齊門外的許多居民都在河的兩岸目睹了這場大火，據說火因是老虎灶裡的礱糠灰沒有熄滅，而且滲到了灶外。人們趕來只能眼睜睜地看著大火燒掉橋邊茶館，當然，茶館邊的石橋卻完好無損。

現在你從北馬路橋上走下去，橋堍左側的空地就是茶館遺址，現在那裡變成了一些商販賣魚賣水果的地方。

蘇州城北是一個很小的地域，城北的齊門外的大街則是一個彈丸之地，但是我想告訴人們那裡竟然有四座橋。按照齊門外人氏的說法，從南至北數去，它們依次為吊橋、南馬路橋、鐵路洋橋、北馬路橋，冷靜地想這些名字既普通又有點奇怪，是嗎？

我之所以簡略了對鐵路洋橋的描述，是因為它在我童年的記憶中充滿了血腥和死亡的氣息。我在鐵路洋橋看見過七、八名死者的屍體，而在吊橋上，在南馬路橋和北馬路橋上，我從來沒看見過死者。

到常熟去的客船每天早晨經過我家窗外的河道，是輪船公司的船，所以船隻用藍色和白色的油漆分成兩個部分，客艙的白色和船體的藍色涇渭分明，使那條船顯得氣宇軒昂。每天從河道裡經過無數的船，我最喜歡的就是去常熟的客船。我曾經在美術本上畫過那艘輪船，美術老師看見那份美術作業，很吃驚，說，沒想到你畫船能畫得這麼好。

孩提時代的一切都是易於解釋的，孩子們的塗鴉往往在無意中表露了他的摯愛，而我對船舶的喜愛甚至一直延續到了今天。

我記憶中的蘇州內河水道是潔淨而明亮的，六、七〇年代經濟遲滯不動，我家鄉的河水卻每天都在流動，流動的河水中經過了無數駛向常熟太倉或崑山的船。最常見的是運貨的駁船隊，七、八條駁船拴接在一起，被一條火輪牽引著，突突地向前行駛。我能清晰地看見火輪上正在下棋的兩個工人，看見後面的駁船上的一對對夫婦和他們的孩子。讓我關注的就是駁船上的那一個個家，一個個年齡與我相仿的孩子，這種處於漂浮和行進中的生活在我眼裡是一種神祕的誘惑。

船

我熱中於對船的觀察或許隱藏了一個難以表露的動機，這與母親的一句隨意的玩笑有關。我不記得那時候我有多大，也不知道母親是在何種情況下說了這句話，她說：你不是我生的，你是從船上抱來的。這是母親們與子女間常開的漫無目的的玩笑，當你長大成人後你知道那是玩笑，母親只是想在玩笑之後看看你的驚恐的表情，但我當時還小，我還不能分辨這種複雜的玩笑。我因此記住了我的另一種來歷，儘管那只是一種可能。我也許是船上人家的孩子，我真正的家也許是在船上！

我不能告訴別人我對船的興趣有自我探險的成分，有時候我伏在臨河的窗前，目送一條條船從我眼前經過，我很注意看船戶們的臉，心裡想，會不會是這家呢？會不會是那家呢？懷著隱祕打量世界總是很痛苦的。在河道相對清淨的時候，我常常看見一條在河裡撈磚頭的小船，船上是母女倆，那個母親出奇地瘦小，一條腿是殘疾的，她的女兒雖然健壯高䠷，但臉上布滿了雀斑，模樣很難看。這種時候我幾乎感到一種恐怖，心想，我萬一是這家人的孩子怎麼辦？也是在這種時候我才安慰自己：這是不可能的事，這是胡思亂想，有關我與船的事情都是騙人的謊話。

我上小學時一個真正的船戶的孩子來到了隔壁我舅舅家。我舅舅家只有女孩沒有男孩，那男孩的父母就通過幾道人情關係把兒子送到了我舅舅家。是一個老實而顯得木訥的男孩，脖子上戴著船戶子弟常戴的銀項圈。我對那男孩的船戶背景有一種狂熱的興趣，我一邊嘲笑他脖子上的項圈，一邊還向他提出各種問題，問他為什麼不待在船上，跟他父母在一起，我問他難道在船上不如在我舅舅家好玩嗎？那個男孩只是回答我，他要在街上上學。他不願意跟我談話，似乎也不願意跟我做朋友，這使我覺得有點頹喪。有一天我聽見窗外的河道響起一片嘈雜聲，跑出去一看，一條大木船向我舅舅家的石埠前慢慢靠攏，船上的那對夫婦忙著要靠岸，而一個小男孩站在船頭拚命地向岸上揮手，嘴裡大叫著：哥哥，哥哥，哥哥！我隨後就看見我舅媽拉著那男孩站在石埠上，我知道這就是那男孩家的船，船上的男女是他的父母，那個大叫大嚷的小男孩是他的弟弟。我幾乎是懷著一種嫉妒的心情看著眼前這一幕，但我發現那男孩一點也不高興，他仍然哭喪著個臉，面對著滿臉喜色的家人。我覺得他不知好歹，他母親眉眼周正，他父親英俊魁梧，他的家在一條船上，可他還哭喪著個臉！

那船戶的兒子在我舅舅家住了一個學期後就被他祖父接走了。奇怪的是他一走我對自己身世的想像也停止了，或許是我長大了，或者是一個真實的船戶的兒子清洗了我內心對船的幻想。至此船在河道上行駛時我成了一個旁觀者，我仍然對船展開著與年齡有關的想像，但那幾乎是一種對航行和漂泊的想像了。在寂靜的深夜或者清晨，我有時候被窗外的櫓聲驚醒，有的船戶是喜歡大聲說話的，一個大聲地問：船到哪裡去？另一個會大聲地答：到常熟去。我就在被窩裡想，常熟太近了，你們的船要是能進入長江，一直駛到南京、武漢，一直駛到山城重慶就好了。

我初中畢業報考過南京的海員學校，沒有考上，這就注定了我與船舶和航行無緣的命運。我現在徹底相信我與船並沒有什麼特殊的關係，在我唯一的一次海上旅途中我像那些恐懼航行的人一樣大吐不止，但我仍然堅信船舶是世界上最抒情最美好的交通工具。假如我仍然住在臨河的房屋裡，假如我有個兒子，我會像我母親一樣向他重複同樣的謊言：你是從船上抱來的，你的家在一條船上。

關於船的謊言也是美好的。

過去隨談

說到過去，回憶中首先浮現的還是蘇州城北的那條百年老街。一條長長的灰石路面，炎夏七月似乎是淡淡的鐵鏽紅色，冰天雪地的臘月裡卻呈現出一種青灰的色調。從街的南端走到北端大約要花費十分鐘，街的南端有一座橋，以前是南方城池所特有的吊橋，後來就改建成水泥橋了。北端也是一座橋，連接了蘇滬公路，街的中間則是我們所說的鐵路洋橋。鐵路橋凌空跨過狹窄的城北小街，每天有南來北往的火車呼嘯而過。

我們街上的房屋、店鋪、學校和工廠就擠在這三座橋之間，街上的人也在這三座橋之間走來走去，把時光年復一年地走掉了。

現在我看見一個男孩背著書包滾著鐵箍在街上走過，當他穿過鐵路橋的橋洞時恰恰有火車從頭上轟隆隆地駛過，從鐵軌的縫隙中落下火車頭噴濺的水氣，而且有一隻蘋果核被人從車窗裡扔到了他的腳下。那個男孩也許是我，也許是大我兩歲的哥哥，也許是我的某個鄰居家的男孩。但是不管怎麼說，那是我童年生活的一個場景。

我從來不敢誇耀童年的幸福，事實上我的童年有點孤獨，有點心事重重。我父母除了擁有四個孩子之外基本上一無所有。父親在市裡的一個機關上班，每天騎著一輛破舊的自行車來去匆匆；母親在附近的水泥廠當工人，她年輕時曾經美麗的臉到了中年以後經常是浮腫著的，因為疲累過度，也因為身患多種疾病。多少年來父母親靠八十多元錢的收入支撐一個六口之家，可以想像那樣的生活多麼艱辛。

我母親現在已長眠於九泉之下，現在想起她拎著一隻籃子去工廠上班的情景仍然歷歷在目。籃子裡有飯盒和布納鞋底，飯盒裡有時裝著家裡吃剩的飯和蔬菜，有時卻只有飯沒有別的，而那些鞋底是預備給我們兄弟姊妹做棉鞋的。她心靈手巧卻沒有時間，必須利用工餘休息時納好所有的鞋底。

我在漫長的童年時光裡，我不記得童話、糖果、遊戲和來自大人的過分的溺愛，我記得的是清苦，記得一盞十五瓦的暗淡的燈泡照耀著我們的家，潮濕的未澆水泥的磚地，簡陋的散發著霉味的家具，四個孩子圍坐在方桌前吃一鍋白菜肉絲湯，兩個姊姊把肉絲讓給兩個弟弟吃，但因為肉絲本來就很少，挑幾筷子就沒有了。

母親有一次去醬油鋪買鹽掉了五元錢，整整一天她都在尋找那五元錢的下落。當她徹底絕望時我聽見了她那傷心的哭聲，我對母親說：別哭了，等我長大了掙一百塊錢給你。說這話的時候我大概只有七、八歲，我顯得早熟而機敏，它撫慰了母親，但對於我們的生活卻是無濟於事的。

那時候最喜歡的事情是過年。過年可以放鞭炮、拿壓歲錢、穿新衣服，可以吃花生、核桃、魚、肉、雞和許多平日吃不到的食物。我的父親和街上所有的居民一樣，喜歡在春節前後讓他們的孩子幸福和快樂幾天。

當街上的鞭炮屑、糖紙和瓜子殼被最後打掃一空時，我們一年一度的快樂也隨之飄散。上學、放學、作業、打玻璃彈子、拍菸殼——因為早熟或者不合群的性格，我很少參與街頭孩子的這種遊戲。我經常遭遇的是這種晦暗的難挨的黃昏，父母在家裡高一聲低一聲地吵架，姊姊躲在門後啜泣，而我站在屋檐下望著長長的街道和匆匆而過的行人，心懷受傷後的怨恨：為什麼左鄰右舍都不吵架，為什麼偏偏是我家常常吵個不休？

我從小生長的這條街道後來常常出現在我的小說作品中，當然已被虛構成「香椿樹街」了。街上的人和事物常常被收入在我的筆下，只是因為童年的記憶非常遙遠卻又非常清晰，從頭拾起令我有一種別夢依稀的感覺。

我初入學堂是在一九六九年秋季，仍然是動蕩年代。街上的牆壁到處都是標語和口號，現在讀給孩子們聽都是荒誕而令人費解的了，但當時每個孩子都對此耳熟能詳。我記得我生平第一次寫下的完整句子都是從街上看來的，有一句特別抑揚頓挫：革命委員會好！那時候的孩子沒有學齡前教育，也沒有現在的廣告和電視文化的薰陶，但滿街的標語口號教會了他們寫字認字，再愚笨的孩子也會寫「萬歲」和「打倒」這兩個詞組。

小學校是從前的耶穌堂改建的，原先牧師布道的大廳做了學校的禮堂，孩子們常常搬著凳椅排著隊在這裡開會，名目繁多的批判會或者開典禮，與昔日此地的宗教儀式已經是南轅北轍了。這間飾有圓窗和彩色玻璃的禮堂以及後面的做了低年級教室的歐式小樓，是整條街上最漂亮的建築了。

我的啟蒙老師姓陳，是一個溫和的白髮染鬢的女老師，她的微笑和優雅的儀態適宜於做任何孩子的啟蒙老師，可惜她年齡偏老，而且患了青光眼，到我上三年級時她就帶著女兒回湖南老家了。後來我的學生生涯裡有了許多老師，最崇敬的仍然是這位姓陳的女老師，或許因為啟蒙對於孩子彌足珍貴，或許只是因為她有那個混亂年代罕見的溫和善良的微笑。

讀小學二年級的時候，因為一場重病使我休學在家，每天在病榻上喝一碗又一碗的中藥，那是折磨人的寂寞時光。當一群小同學在老師的安排下登門慰問病號時，我躲在門後不肯出來，因為疾病和特殊化使我羞於面對他們。我不能去學校上學，我有一種莫名的自卑和失落感，於是我經常在夢中夢見我的學校、教室、操場和同學們。

說起我的那些同學們（包括小學和中學的同學），我們都是一條街上長大的孩子，彼此知道每人的家庭和故事，每人的光榮和恥辱。多少年後我們天各一方，偶爾在故鄉街頭邂逅，閒聊之中童年往事便輕盈地掠過記憶。我喜歡把他們的故事搬進小說，是一組南方少年的故事。我不知道他們是否會從中發現自己的影子，也許不會發現，因為我知道他們都已娶妻生子，終日為生活忙碌，他們是沒有時間和興趣去讀這些故事的。

去年夏天回蘇州家裡小住，有一天在石橋上碰到中學時代的一個女老師，她看見我第一句話就是：你知道宋老師去世的消息嗎？我很吃驚，宋老師是我高中的數學老師和班主任，我記得他的年紀不會超過四十五歲，是一個非常嚴謹而敬業的老師。女老師對我說：你知道嗎他得了肝癌，都說他是累死的。我不記得我當時說了些什麼，只記得那位女老師最後的一番話。她說：這麼好的一位老師，你們都把他忘了，他在醫院裡天天盼著學生去看他，但沒有一個學生去看他，他臨死前說他很傷心。

在故鄉的一座石橋上我受到了近年來最沉重的感情譴責，捫心自問，我確實快把宋老師忘了。這種遺忘似乎符合現代城市人的普遍心態，沒有多少人會去想念從前的老師同窗和舊友故交了。人們有意無意之間割斷與過去的聯繫，致力於想像設計自己的未來。對於我來說，過去的人和物事只是我的小說的一部分了。我為此感到悵然，而且我開始懷疑過去是否可以輕易地割斷，譬如那個夏日午後，那個女老師在石橋上問我，你知道宋老師去世的消息嗎？

說到過去，我總想起在蘇州城北度過的童年時光。我還想起十二年前的一天，當我遠離蘇州去北京求學的途中那份輕鬆而空曠的心情。我看見車窗外的陌生村莊上空飄盪著一隻紙風箏，看見田野和樹林裡無序而飛的鳥群，風箏或飛鳥，那是人們的過去以及未來的影子。

童年的一些事

我們家以前住在一座化工廠的對面，化工廠的大門與我家的門幾乎可以說是面面相覷的。我很小的時候因為沒事可做，也不知道可以做什麼，常常就站在家門口，看化工廠的工人上班，還看他們下班。

化工廠工人的工作服很奇怪，是用黑色的綢質布料做的，袖口和褲腳都被收了起來，褲子有點像習武人喜歡穿的燈籠褲，衣服也有點像燈籠——服？化工廠的男男女女一進廠門就都換上那種衣服，有風的時候，看他們在廠區內走動，衣服褲子全都鼓了起來，確實有點像燈籠。我至今也不知道為化工廠設計工作服的人是怎麼想的，這樣的工作服與當時流行的藍色工裝格格不入，也使穿這種工作服的人看上去與別的工人階級格格不入。許多年以後當我看見一些時髦的女性穿著寬鬆的黑色綢質衣褲，總是覺得她們這麼穿並不時髦，像化工廠的工人。

有一個女人，是化工廠托兒所的阿姨，我還記得她的臉。那個女人每天推著一輛童車來上班，童車裡坐著她自己的孩子，是個女孩，起碼有七、八歲了，女孩總是坐在車內向各個方向咧著嘴笑，我很奇怪她那麼大了為什麼還坐在童車裡。有一次那母親把童車放在傳達室外面，與傳達室的老頭聊天，我衝過去看那個小女孩，發現女孩原來是站不起來的，她的脖子也不能隨意地昂起來，我模模糊糊地知道女孩的骨頭有問題，大概是軟骨病什麼的。我還記得她的嘴邊有一灘口水，是不知不覺中流出來的。

有一個男的，是化工廠的一個單身漢，我之所以肯定他是單身漢，是因為我早晨經常看見他嘴裡嚼著大餅油條，手裡還拿著一隻青團子之類的東西，很悠閒地從大街上拐進工廠的大門。那個男人大概二十七、八歲的樣子，臉色很紅潤，我總認為那種紅潤與他每天的早點有直接的關係，而我每天都照例吃的是一碗泡飯，加上幾塊蘿蔔乾，所以我一直羨慕那個傢伙。早飯，能那麼吃，吃那麼多，那麼好！這個吃青團子的男人一直受到我的注意，只是關心他今天吃了什麼。有一次我在上學的路上看見他坐在點心店裡，當然又是在吃。我實在想知道他在吃什麼，忍不住走進去，朝他的碗裡瞄了一眼，我看見了浮在碗裡的兩隻湯圓，還有清湯裡的一星油花。我可以肯定他是在吃肉湯圓，而且買了四隻——我知道四隻湯圓一毛四分錢，一般來說，不是兩隻就是四隻、六隻，買單數會多花一分錢，那是不合算的。我還記得我走出點心店以後的想法，我想，這傢伙每天還吃四隻湯圓，他怎麼這樣捨得吃，他的工資到底有多少？我想這種幸福只有一個解釋，那就是他是單身漢，單身漢的錢全部可以用來買各種早點吃，想吃什麼就吃什麼！

我還依稀記得化工廠製造的產品是苯幹，苯幹好像又是用來做樟腦丸的，這一點不要介紹也能猜出來，因為我小時候每天都聞著一種類似樟腦的氣味。它在我的印象中是從化工廠的大煙囪裡噴出來的，這種氣味不僅鑽進你的鼻孔，還附著於我家或鄰居晾曬在外面的衣服上，有時候我們覺得街道上的空氣沒有什麼異樣。但來自別的街區的人走過我們那條街道時會捣著鼻子說：哎呀，什麼味兒？難聞死了！這種人往往使我很反感。

我喜歡聞空氣中那種樟腦丸的氣味，我才不管什麼污染和污染對人體的危害呢——當然這話是現在說著玩的，當時我根本不懂得什麼叫空氣污染，不僅是我，大人們也不懂；即使懂也不會改變什麼，你不可能為了一點氣味動工廠一根寒毛。大人們有時候罵化工廠討厭，我猜那只是因為他們有人不喜歡聞樟腦味罷了。

我家隔壁的房子是化工廠的宿舍，住著兩戶人家。其實他們兩家的門才是正對著化工廠大門的。其中一家人有兩個兒子一個女兒，兩個兒子被他們嚴厲的父親管教著，從來不出來玩，他們不出來玩我就到他們家去玩。一個兒子其實已是小伙子，很胖，像他母親，另一個在我哥哥的班級裡，很瘦，都是很文靜的樣子。我不請自到地跑到他們家，他們也不攆我，但也不理我。我看見那個胖的大的在寫什麼，我問他在寫什麼，他告訴我，他在寫西班牙語。

這是真的，大概是一九七三年或者一九七四年，我有個鄰居在學習西班牙語！我至今不知道那個小青工學習西班牙語是想幹什麼。

隔壁的房子從一開始就像是那兩家人臨時的住所，到我上中學的時候那兩家人都搬走了。臨河的房子騰出來做了化工廠的輸油站，一根大油管從化工廠裡一直架到我家的隔壁，準備把油船裡的油直接接駁到工廠裡。

來了一群民工，他們是來修築那個小型輸油碼頭的。民工們來自宜興，其中有一個民工很喜歡跟我家人聊天，還從隔壁的石階上跳到我家來喝水。有一天他又來了，結果不小心把杯子掉在地上，杯子碎了，那個民工很窘，他說的一句話讓我始終覺得很有意思，他說：這玻璃杯就是不結實。

輸油碼頭修好以後我們家後門的河面上就經常停泊著一些油船，負責輸油的兩個工人我以前都是見過的，當然都穿著那種奇怪的黑色工作服，靜靜地坐在一張長椅子上看著壓力表什麼的。那個男的是個禿頂，面目和善，女的我就更熟悉了，因為是我的一個小學同學的母親。我經常看見他們兩個人坐在那裡看油泵，兩個人看上去關係很和睦，與兩個不得不合坐的小學男生小學女生的關係是完全不同的。我不大關心他們，天黑以後我照例跑到後門對著河道撒尿，我不看他們，我相信他們也不看我。

那年夏天那個看油泵的女工，也就是我同學的母親服了好多安眠藥自殺了，聽到這個消息我非常震驚。因為她一直是坐在我家隔壁看泵的。我對於那個女工的自殺有許多猜測，許多稀奇古怪的猜測，但因為是猜測，就不在這裡絮叨了。

回憶應該是真實而準確的，其他的都應該出現在小說裡。

初入學堂

第一次去學校不是去上學，是去玩或者只是因為家中無人照看已經記不清了，那一年我大約五歲，我跟著大姊到她的學校去。依稀記得坐落在僻靜小街上的一排泥磚校舍，一個老校工站在操場上搖動手裡的鐵鈴鐺，大姊拉著我的手走進教室。請設想一個學齡前的小孩坐在一群五年級女生中間，怯生生地注視著黑板和黑板前的教師。那個女教師的髮式和服飾與我母親並無二致，但清脆響亮的普通話發音使她的形象變得莊嚴而神聖起來，那個瞬間我崇敬她勝過我的母親。

是一個陽光明媚的早晨，我濫竽充數地坐在大姊的教室裡，並沒有人留意我的存在。我的手裡或許握著一支用標語紙摺成的紙箭，一九六七年的陽光透過玻璃窗灑在我的身上，我對陽光空氣中血腥和罪孽的成分渾然不知，我記得琅琅的讀書聲在四周響起來，一遍又一遍地響起來，無論怎樣那是我第一次感受了教育優美的秩序和韻律。

童稚之憶是否總有一圈虛假的美好的光環，扳指一算，當時正值「文革」最混亂的年月，大姊的學校或許並非那麼溫暖美好的。

我七歲入學，入學前父母帶著我去照相館拍了張全身像，照片上我身穿黃布仿制的軍裝，手執一本紅寶書放在胸前，咧著嘴快樂地笑著，這張照片後來成為我人生最初階段的留念。

我自己的小學從前是座耶穌堂，校門朝向大街，從不高的圍牆上方望進去，可以看見禮拜堂的青磚建築，禮拜堂早就被改成學校的小會堂了。一棵本地罕見的老棕櫚樹長在校門裡側。從一九六九年秋季開始，棕櫚樹下的這所小學成為我的第一所學校。

我記得初入學堂在空地上排隊的情景，一年級的教室在從前傳教士居住的小樓裡，樓前一排漆成藍色的木柵欄，木柵欄前豎著一塊紅色的鐵質標語牌，「好好學習，天天向上」，標語的內容耳熟能詳。學校裡總是有什麼東西給你帶來驚喜，譬如樓前的紫荊正開滿了星狀花朵，它的圓葉攤在手心能擊打出異常清脆的響聲；譬如圍牆下的滑梯和木馬，雖然木質已近乎腐朽，但它們仍然是孩子們難得享用的大玩具，天真好動的孩子都擁上去，剩下一些循規蹈矩的乖孩子站著觀望。

入學第一天是慌張而亢奮的一天，但我也有了我的不快，因為排座位的時候，老師把我和一個姓王的女孩排在一張課桌上，而且是第一排。我討厭坐在第一排，第一排給人以某種弱小可憐的感覺；我更討厭與那個女孩同桌，因為她邋遢而呆板，別的女孩都穿著花裙子，打扮得漂漂亮亮，唯獨她穿著打了補丁的藍褲子，而且她的臉上布滿鼻涕的痕跡。我的同桌始終用一種受驚的目光朝我窺望，我看見她把毛主席的紅寶書放在一隻鋁碗裡，鋁碗有柄，她就一直把鋁碗端來端去的，顯得有點可笑，但這樣攜帶紅寶書肯定是她家長的吩咐。

所以入學第一天我側著臉和身子坐在課堂裡，心中一直為我的不如意的座位憤憤不平。

啟蒙老師姓陳，當時大約五十歲的樣子，關於她的歷史現在已無從查訪；只記得她是湖南人，丈夫死了，多年來她與女兒相依為命住在學校的唯一一間宿舍裡，其實也就是一年級教室的樓上。現在我仍然清晰地記得陳老師的齊耳短髮已經斑白，顴骨略高，眼睛細長但明亮如燈。記得她常年穿著灰色的上衣和黑布鞋子，氣質潔淨而嫻雅，當她站在初入學堂的孩子們面前，他們或許會以她作參照形成此後一生的某個標準：一個女教師就應該有這種明亮的眼神和善良的微笑，應該有這種動聽而不失力度的女中音，她的教鞭應該筆直地放在課本上，而不是常常提起來敲擊孩子們的頭頂。

一加一等於二。

b、p、m、f。

a、o、e、i。

這才是我一生中最美好的天籟，我記得是陳老師教會了我加減法運算和漢語拼音。一年級的時候我學會了多少漢字？二百個？三百個？記不清了，但我記得我就是用那些字給陳老師寫了一張小字報。那是荒唐年代裡席捲學校的潮流，廣播裡每天都在號召人們向××路線開火，於是我和另外一個同學就向陳老師開火了，我們歪歪斜斜地寫字指出陳老師上課敲過桌子，我們認為那就是廣播裡天天批判的「師道尊嚴」。

我想陳老師肯定看見了貼在一年級牆上的小字報，她會作何反應？我記得她在課堂一如既往地微笑著，下課時她走過我身邊，只是伸出手在我腦袋上輕輕撫摸了一下。那麼輕輕的一次撫摸，是一九六九年的一篇淒涼的教育詩。我以這種荒唐的方式投桃報李，雖然是幼稚和時尚之錯，但事隔二十多年想起這件事仍然有一種心痛的感覺。

上三年級的時候陳老師和女兒離開了學校。走的時候她患了青光眼，幾乎失去了視力，都說那是因為長期在燈下熬夜的結果。記得是一個秋天的黃昏，我在街上走，看見一輛三輪車慢慢地駛過來，車上坐著陳老師母女，母女倆其實是擠在兩隻舊皮箱和書堆中間。看來她們真的要回湖南老家了，我下意識地大叫了一聲陳老師，然後就躲在別人家的門洞裡了。我記得陳老師喊著我的名字朝我揮手，我聽見她對我喊：天快黑了，快回家去吧。我突然想起她患了眼疾看不清是我，怎麼知道是我在街上叫喊？繼而想到陳老師是根據聲音分辨她的四十多個學生的，不管在哪裡，不管什麼時候，老師們往往能準確無誤地喊出每一個學生的名字。

我以後再也沒有見過陳老師，假如她還健在，現在已是古稀之年了。或許每個人都難以忘記他的啟蒙老師，而在我看來，陳老師已經成為混亂年代裡一盞美好的路燈，她在一個孩子混沌的心靈裡投下了多少美好的光輝，陪他走上漫長多變的人生旅途。時光之箭射落歲月的枯枝敗葉，有些事物卻一年年呈現新綠的色澤，正如我對啟蒙老師陳老師的回憶。我女兒眼看也要背起書包去上學了，每次帶著她走過那所耶穌教堂改建的學校時，我就告訴女兒，那是爸爸小時候上學的地方，而我的耳邊依稀響起二十多年前陳老師的聲音，天快黑了，快回家去吧。

天快黑了，快回家去吧。

九歲的病榻

我最初的生病經驗產生於一張年久失修的籐條躺椅上，那是一個九歲男孩的病榻。

那年我九歲，我不知道為什麼會得那種動不動就要小便的怪病，不知道小腿上為什麼會長出無數紅色疹塊，也不知道白血球和血小板減少的後果到底有多嚴重。那天父親推著自行車，我坐在自行車後座上，母親在後面默默扶著我，一家三口離開醫院時天色已近黃昏，我覺得父母的心情也像天色一樣晦暗。我知道我生病了，我似乎有理由向父母要點什麼，於是在一家行將打烊的糖果鋪裡，父親為我買了一隻做成蜜橘形狀的軟糖，橘子做得很逼真，更逼真的是嵌在上方的兩片綠葉。我記得那是我生病後得到的第一件禮物。

生病是好玩的，生了病可以吃到以前吃不到的食物，可以受到家人更多的注意和呵護，可以自豪地向鄰居小夥伴宣布：我生病了，明天我不上學！但這只是最初的感覺，很快生病造成的痛苦因素擠走了所有稚氣的幸福感覺。

生病後端到床前的並非是美食。醫生對我說，你這病忌鹽，不能吃鹽，千萬別偷吃，有人偷吃鹽結果就死了，你偷不偷吃？我說我不會偷吃，不吃鹽有什麼了不起的？起初也確實漠視了我對鹽的需要。母親從藥店買回一種似鹽非鹽的東西放在我的菜裡，有點鹹味，但鹹得古怪；還有一種醬油，也是紅的，但紅也紅得古怪。開始與這些特殊的食物打交道，沒幾天就對它們產生了恐懼之心，我想我假如不是生了不能吃鹽的病該有多好，世界上怎麼會有不能沾鹽的怪病？有幾次我拿了支筷子在鹽罐周圍徘徊猶豫，最終仍然未敢越軌，因為我記得醫生的警告，我只能安慰自己，不想死就別偷吃鹽。

生了病並非就是睡覺和自由。休學半年的建議是醫生提出來的，我記得當時心花怒放的心情，唯恐父母對此提出異議。我父母都是信賴中醫的人，他們同意讓我休學，只是希望醫生用中藥來治癒我的病。他們當時認為西醫是壓病，中醫才是治病。於是後來我便有了我的那段大啖草藥汁煎破三隻藥鍋的慘痛記憶，對於一個孩子的味蕾和胃口，那些草藥無疑就像毒藥。我捏著鼻子喝了幾天，痛苦之中想出一個好辦法，以上學為由逃避喝藥。有一次在母親倒藥之前匆匆地提著書包躥到門外，我想與其要喝藥不如去上學，但我跑了沒幾步就被母親喊住了。母親端著藥碗站在門邊，她只是用一種嚴厲的目光望著我，我從中讀到的是令人警醒的內容：你想死？你不想死就回來給我喝藥。

於是我又回去了。一個九歲的孩子同樣地恐懼死亡，現在想來讓我在九歲時候就開始怕死，命運之神似乎有點太殘酷了一點，是對我的調侃還是救贖？我至今沒有悟透。

九歲的病榻前時光變得異常滯重冗長，南方的梅雨滴滴答答個不停，我的小便也像梅雨一樣解個不停。我恨室外的雨，更恨自己的出了毛病的腎臟，我恨煤爐上那隻飄著苦腥味的藥鍋，也恨身子底下咯吱咯吱亂響的籐條躺椅，生病的感覺就這樣一天壞於一天。

有一天班上的幾個同學相約了一起來我家探病，我看見他們活蹦亂跳的模樣，心裡竟然是一種近似嫉妒的酸楚，我把他們晾在一邊，跑進內室把門插上。我不是想哭，而是想把自己從自卑自憐的處境中解救出來。面對他們我突然嘗受到了無以言傳的痛苦，也就在門後偷聽外面同學說話的時候，我才真正意識到我是多麼想念我的學校，我真正明白了生病是件很不好玩的事情。

病榻上輾轉數月，我後來獨自在家熬藥喝藥，凡事嚴守醫囑。鄰居和親戚們都說：這孩子乖，我父母便接著說：他已經半年沒沾一粒鹽了。我想他們都不明白我的想法，我的想法其實歸納起來只有兩條：一是怕死，二是想返回學校和不生病的同學在一起，這是我的全部的精神支柱。

半年以後我病癒回到學校，我記得是一個秋高氣爽的日子，我在操場上跳繩，不知疲倦地跳，變換著各種花樣跳，直到周圍站了許多同學，我才收起了繩子。我的目的已經達到，我只是想告訴大家，我的病已經好了，現在我又跟你們一模一樣了。

我離開了九歲的病榻，從此自以為比別人更懂得健康的意義。

六〇年代，一張標籤

生於六〇年代，對我來說沒什麼可抱憾，也沒什麼值得慶幸的，嚴格地來說這是我父母的選擇。假如我早出生十年，我會和我姊姊一樣上山下鄉，在一個本來與自己毫不相干的農村度過青春年華；假如我晚生十年，我會對毛主席語錄、批林批孔、反擊右傾翻案風這些名詞茫然不解，但這又有什麼關係？所有的歷史都可以從歷史書本中去學習，個人在歷史中常常是沒有註解的，能夠為自己做註解的常常是你本人，不管你是哪一個年代出生的人。歷史總是能恰如其分地淹沒個人的人生經歷，當然包括你的出生年月。

生於六〇年代，意味著我逃脫了許多政治運動的劫難，而對劫難又有一些模糊而奇異的記憶。那時還是孩子，孩子對外部世界是從來不做道德評判的，他們對暴力的興趣一半出於當時教育的引導，一半是出於天性。我記得上小學時聽說中學裡的大哥哥大姊姊讓一個女教師爬到由桌子椅子堆成的「山」上，然後他們從底下抽掉桌子，女教師就從山頂上滾落在地上。我沒有親眼見到那殘酷的一幕，但是我認識那個女教師。後來我上中學時經常看見她，我要說的是這張臉我一直不能忘懷，因為臉上的一些黑紫色的沉積的疤瘢經過這麼多年仍然留在了她的臉上。我要說我的那些大哥哥大姊姊們中間許多人是有作惡的記錄的，可以從諸多方面為他們的惡行開脫，但記錄就是記錄，它已經不能抹去。我作為一個旁觀的孩子，沒有人可以給我定罪，包括我自己。這是我作為一個一九六三年出生的人比他們輕鬆比他們坦盪的原因之一，也是我比那些對「文革」一無所知的七〇年代人複雜一些世故一些的原因之一。

中國社會曾經是一個很特殊的社會，現在依然特殊。我這個年齡的人在古代已經可以抱孫子了，但目前仍然被習慣性地稱為青年，這樣的青年看見真正的青年健康而充滿生氣地在社會各界闖蕩，有時覺得自己像一個假冒偽劣產品。這樣的青年看到經歷過時代風雨的人在報紙電視談論革命談論運動，他們會對身邊的年輕人說，這些事情你不知道吧？我可是都知道。但是他們其實是局外人，他們最多只是目擊者和旁觀者。六〇年代出生的這些人，在當今中國社會屬於承前啟後的一代，但是他們恰恰是邊緣化的一代人。這些人中有的在憤世嫉俗中隨波逐流，有的提前邁入中老年心態，前者在七〇年代人群中成為臉色最灰暗者，後者在處長科長的職位上成為新鮮血液，孤獨地兀自流淌著，這些人從來不考慮生於六〇年代背後隱藏了什麼潛台詞。這些人現在是上有老下有小的一代，同樣艱難的生活正在悄悄地磨蝕他們出生年月上的特別標誌。這一代人早已經學會向現實生活致敬，別的，隨它去吧。

一代人當然可以成為一本書，但是裝訂書的不是年月日，是一個一個一個一個的人。寫文章的人總是這樣歸納那樣概括，為賦新詞強說愁，但是我其實情願製造一個謬論：群體在精神上其實是不存在的。就像那些在某個時間某個婦產醫院同時降生的嬰兒，他們離開醫院後就各奔東西，儘管以後的日子裡這些長大的嬰兒有可能會相遇，但有一點幾乎是肯定的：他們誰也不認識誰。

十八歲離開家鄉以前，我所去過的最遠的一個城市就是南京。那是一次比較特別的旅行，不是為了瀏覽，不是為了探親，當時有來自全省的數百名中學生聚集在建鄴路上的黨校招待所裡，參加一個大規模的中學生作文競賽，那次競賽我名落孫山。記得在返回蘇州之前我們一大群人停留在火車站前的廣場上，忽然發現玄武湖就在眼前，不知是誰第一個跑到了湖邊，我們紛紛尾隨過去；也不知是誰第一個在湖邊開始洗手，一大群中學生沿著湖岸一字排開，大家都把手伸進湖水裡，很認真地洗了一回手。我至今仍然記得那群蹲在湖邊洗手的少男少女的音容笑貌，二十年過去以後所有人手上的玄武湖水已經了無印痕，而我卻在無意之中把那掬湖水融進了我的未來。當年那群等待回家的蘇州中學生中，也許只有我一個人日後留在了玄武湖邊。

選擇南京做居留地是某種人共同的居住理想。這種人所要的城市不大不小，不要繁華喧鬧也不要沉悶閉塞，不要住在父母的懷抱裡但也不要離他們太遠，這種人無法擁有自己的花園卻希望他居住的城市風景如畫，這種人希望自己智商超群精明強幹卻希望別人純樸憨厚關心他人。我大概就是這種人，所以在我二十二歲那

錯把異鄉當故鄉

年我自願成為一個南京人，至今已經做了十幾年的南京人，越做越有滋味。

除了冬夏兩季的氣候遭到了普遍的埋怨，南京幾乎是一個人見人愛的地方，許多城市是綠化城市，但南京街道上的華蓋似的梧桐卻無與倫比（南京人溺愛這些樹因而原諒了春天樹上飄下的茸毛，春天你可以看見許多騎自行車的人在頭上身上拍打那些茸毛，臉上的表情卻無怨無恨）。許多城市都有一個或幾個值得本地人驕傲的風景區，外地人去了就褒貶不一，但是南京的中山陵卻是一種王尊地位。當你登臨中山陵最高處極目四眺，方圓數里之內一片林海，綠意蒼蒼，你會發現這個城市之美不同凡響。紫金山與長江不再是什麼天然屏障，它們使南京永遠受到了山水的孕育，東郊的林海則是一隻巨大的綠色的枕頭，每天夜裡它對著太平門耳語一聲，睡吧，南京，南京就睡了。每天早晨它對著中山門說，醒來吧，南京，南京就醒來了。

六朝古都的睡眠不會太長，南京醒來了。在從前帝王們的車馬經過的地方，南京人的自行車匆匆而過；在新街口一帶的工地上，打樁機根本不顧明孝陵下太子王妃的幽魂對噪音有何看法，一心要為建設新南京而發出它的狂叫。在城南的某條古老的小巷裡，某個老婦拎著一隻古老的馬桶走過古老的秦淮河，但是她已經不能隨手在河裡倒馬桶，她必須把它倒在公共廁所的化糞池裡——南京雖然還沒有消滅馬桶，但是就連上海都還沒有消滅馬桶呢，南京為什麼要這麼著急呢。

著急不是南京人的性格，雖然南京人說話聽上去顯得很著急，這幾年人人都想發財，南京人也想得慌，但是他們因為不著急許多事就比別的地方慢半拍。當南京人來到深圳海口淘金時那裡已經人滿為患，他們就回來了。當南京人發現別人生產假貨劣品大發其財時，他們傷心地意識到作為一個南京人是發不了這種大財的。他們於是就想發小財，他們想還是回家做鹽水鴨吧，反正南京人吃鹽水鴨吃不夠，即使賣不掉也沒關係，反正自己也吃不夠。

南京人也符合我對人群的理想，所以我在南京一直生活得自得其樂。今年夏天的某一天，忽然遊興大發，想到在南京這麼多年，許多朋友嘴裡的幽美之地還沒去過，就攜妻子女兒往東郊而去。因為不是假日，遊人寥寥，一家人從藏書閣小徑進入百年樹蔭，一路探幽至靈谷寺，途中不聞人聲但聞鳥語流泉，心中便有一種奇異的甜蜜的感覺，好像這個地方是自己家的，好像是自己向自己炫耀了一件寶物，結果自己很滿足也很幸福。

也許這很自然，一個人如果喜歡自己的居住地，他便會在一草一木之間看見他的幸福。多少人現在生活在別處，在一個遠離他生命起源的地方生活著，生活得沒有鄉愁，沒有哀怨，生活得如此滿足，古人所謂「錯把異鄉當故鄉」的詞句大概也就源於此處吧。

二十年前的女性

對於女性的印象和感覺，年復一年地發生著變化。世界上基本只有兩類性別的人，女性作為其中之一，當然也符合事物發展變化的基本規律，因此一切都是符合科學原理和我個人的推測預料的。

二十年前我作為男童看身邊的女人，至今還有清晰的記憶。恰逢七〇年代的動蕩社會，我的聽覺中常常出現一個清脆又洪亮的女人的高呼聲，×××萬歲，打倒×××，那是街頭上高音喇叭裡傳來的群眾大會的現場錄音，或者是我在附近工廠會場的親耳所聞。女性有一種得天獨厚的嗓音，特別適宜於會場上領呼口號的角色，這是當時一個很頑固的印象。

七〇年代的女性穿著藍、灰、軍綠色或者小碎花的上衣，穿著藍灰軍綠色或者黑色的裁剪肥大的褲子。夏天也有人穿裙子，只有學齡女孩穿花裙子，成年婦女的裙子則是藍、灰、黑色的，裙子上小心翼翼地打了褶，最時髦的追求美的姑娘會穿白裙子，質地是白「的確良」的，因為布料的原因，有時隱約可見裙子裡側的內褲顏色。這種白裙引來老年婦女和男性的側目而視，在我們那條街上，穿白裙的姑娘往往被視為「不學好」的浪女。

女孩子過了十八歲大多到鄉下插隊鍛鍊去了，街上來回走動的大多是已婚的中年婦女，她們拎著籃子去菜場排隊買豆腐或青菜，我那時所見最多的女性就是那些拎著菜籃的邊走邊大聲聊天的中年婦女。還有少數幾個留城的年輕姑娘，我不知道誰比誰美麗，我也根本不懂得女性是人類一個美麗的性別。

我記得有一個五十歲左右的蒼白而乾瘦的女人，梳著古怪的髮髻，每天脖子上掛著一塊鐵牌從街上走過，鐵牌上寫著「反革命資本家」幾個黑字，我聽說那女人其實是某個資本家的小老婆。令我奇怪的是她在那樣的環境裡仍然保持著愛美之心，她的髮髻顯得獨特而儀態萬方。這種髮型引起了別人的憤慨，後來就有人把她的頭髮剪成了男人的陰陽頭。顯示著罪孽的陰陽頭在街頭上隨處可見，那個剃了陰陽頭的女人反而不再令人吃驚了。

那時候的女孩子擇偶對象最理想的就是軍人，只有最漂亮的女孩子才能做軍人的妻子，退而求其次的一般也喜歡退伍軍人。似乎女孩子和她們的父母都崇尚那種莊嚴的綠軍裝、紅領章，假如街上的哪個女孩被挑選當了女兵，她的女伴大多會又羨又妒得直掉眼淚。

沒有哪個女孩願意與地、富、反、壞、右的兒子結婚，所以後者的婚配對象除卻同病相憐者就是一些自身條件很差的女孩子。多少年以後那些嫁給「狗崽子」的女孩恰恰得到了另外的補償，撥亂反正和落實政策給她們帶來了經濟和住房以及其他方面的好處。多少年以後她們已步入中年，回憶往事大多有苦盡甘來的感嘆。

有些女孩插隊下鄉與農村的小伙子結為伴侶，類似的婚事在當時常常登載在報紙上，作為一種革命風氣的提倡。那樣的城市女孩子被人視為新時代女性的楷模。她們的照片幾乎如出一轍：站在農村的稻田裡，短髮、戴草帽、赤腳，手握一把稻穗，草帽上隱約可見「廣闊天地，大有作為」的一圈紅字。

浪漫的戀愛和隱祕的偷情在那個年代也是有的，女孩子有時坐在男友的自行車後座上，羞羞答答穿過街坊鄰居的視線。這樣的傍晚時分女孩需要格外小心，他們或者會到免費開放的公園裡去，假如女孩無法抵禦男友的青春衝動，假如他們躲在樹叢後面接吻，極有可能遭到聯防人員的突襲，最終被雙雙帶進某個辦公室裡接受盤詰或者羞辱。敢於在公園談戀愛的女孩有時不免陷入種種窘境之中。

而偷情的女性有著前景黯淡的厄運，就像霍桑《紅字》裡的女主角，她將背負一個沉重的紅字，不是在面頰上，而是在心靈深處。沒有人同情這樣的女性，沒有人對姦情後面的動因和內涵感興趣，人們鄙視痛恨這一類女人，即使是七、八歲的小孩。我記得我上小學時有兩個女同學吵架，其中一個以冷酷而成熟的語氣對另一個說，你媽媽跟人軋姘頭，你媽媽是個不要臉的賤貨！另一個以牙還牙地回敬說，你媽媽才跟人軋姘頭呢，讓人抓住了，我親眼看見的。

為什麼沒有人去指責或捏造父親的通姦事實？對於孩子們來說這很奇怪。如此看來人類社會不管處於什麼階段，不管是在老人眼裡還是孩子眼裡，人們最易於挑剔女性這個性別，人們對女性的道德要求較之於男性高得多。

前幾年讀西蒙・波娃的《第二性》，很認同她書中精髓的觀點，在我的印象中，女性亦是一種被動的受委屈的性別，說來荒誕的是，這個印象是七〇年代我年幼無知時形成的，至今想來沒有太多的道理。因為那畢竟是不正常的年代。

如今的女性與七〇年代的女性不可同日而語，相信每一個男性對此都有深刻的認識，不必細細贅述。我要說的是前不久在電視裡觀看南京小姐評選活動時我的感慨，屏幕上的女孩子可謂群芳鬥豔，流光溢彩，二十年滄桑，還女性以美麗的性別面目，男人們都說，驚鴻一瞥。而我在為七〇年代曾經美麗的女孩惋惜，她們是否在為自己生不逢時哀嘆不已呢？如今她們都是中年婦女了，她們現在都在哪裡呢？

一份自傳

我一九六三年一月二十三日出生於蘇州家中。是小年夜的夜裡。那夜我母親原來準備去廠裡上夜班的，倉促間把我生在一隻木盆裡。這當然是母親後來告訴我的。

童年時代在蘇州城北一條古老的街道上度過。那段生活的記憶總是異常清晰而感人。我的許多短篇小說都是依據那段生活寫成，誠如許多評論家所說，是「童年視角」、「童年記憶」，這肯定是些幼稚單薄的東西，不好意思。

我從小就聽話。在學校裡聽老師的話，在家裡聽父母的話，在孩子堆裡聽孩子王的話，有一年我生了病，很嚴重的腎炎，醫生不讓我吃鹽，我就聽醫生的話，將近半年時間沒沾一粒鹽。到了現在，我也依然很聽話，聽領導的話，父母的話，妻子的話，還有朋友的話。有一位朋友建議我去買一台微波爐，我就去買了，結果發現我根本不需要微波爐。我妻子說，不需要你就再賣給別人吧，便宜一點也行，於是我就把它降價賣給了別人。

我從來不具有叛逆性格和堅強的男性性格，這一點也讓我不好意思。

我唯一堅定的信仰是文學，它讓我解脫了許多難以言語的苦難和煩憂，我喜愛它並懷著一種深深的感激之情，我感激世界上有這門事業，它使我賴以生存並完善充實了我的生活。

我小時候家境貧困，從來沒有受到過修養的操練和藝術的薰陶。我有兩個姊姊一個哥哥。我二姊喜歡文學，她經常把許多文學名著帶回家中，那是她向別人借的。借期往往很短，三至五天，她一天看完輪到我看。我有時候在一個下午讀完《復活》或者《紅與黑》，讀得昏頭昏腦，不知所云，但我仍然執著於這種可笑的不求甚解的閱讀。也許因為這些書，使我迴避了街頭少年的許多不良惡習，我總是靜坐家中，培養了某種幻想精神。

我上高中的時候就寫過小說，還投稿了，結果當然是退。我還寫詩，最初的詩寫在一個塑料皮筆記本上，現在還留著。從來沒再翻閱過，但我珍惜它們。

一九八〇年我考上北師大，九月初的一天我登上北去的火車，從此離開古老潮濕的蘇州城。在經過二十個小時的陌生旅程後我走出北京站。我記得那天下午明媚的陽光，廣場上的人流和10路公共汽車的天藍色站牌。記得當時我的空曠而神祕的心境。

對於我來說，在北京求學的四年是一種真正的開始。我感受到一種自由的氣息，我感受到文化的侵襲和世界的浩蕩之風。我懷念那時的生活，下了第二節課背著書包走出校門，搭乘22路公共汽車到西四，在延吉冷麵館吃一碗價廉物美的朝鮮冷麵，然後經過北圖、北海，到美術館看隨便什麼美展，然後上王府井大街，遊逛，再坐車去前門，在某個小影院裡看一部拷貝很舊的日本電影《泥之河》。

這時候我大量地寫詩歌、小說並拚命投寄，終獲成功，八三年的《青春》、《青年作家》；《飛天》和《星星》雜誌初次發表了我的作品。我非常懼怕憎恨退稿，而且怕被同學知道，因此當時的信件都是由一位北京女同學轉交的，她很理解我。以她的方式一直鼓勵支持我。我至今仍然感激她。

大學畢業時我選擇去南京工作，選擇這個陌生的城市在當時是莫名其妙的，但事實證明當初的選擇是對的，我一直喜歡我的居留之地，說不清是什麼原因。我在南京藝術學院工作了一年半時間，當輔導員，當得太馬虎隨意，受到上司的白眼和歧視，這也不奇怪。因禍得福，後來經朋友的引薦，謀得了我所喜愛的工作，在《鍾山》雜誌當了一名編輯。至此我的生活就初步安定了。

一九八七年我幸福地結了婚。我的妻子是我中學時的同學，她從前經常在台上表演一些西藏舞、送軍糧之類的舞蹈，舞姿很好看。我對她說我是從那時候愛上她的，她不相信。一九八九年二月，我的女兒天米隆重誕生。我對她的愛深得自己都不好意思，其實世界上何只我一個人有一個可愛漂亮的女兒？不說也罷，至此，我的生活要被她們分割去一半，理該如此，也沒有什麼捨不得的。

就這樣平淡地生活。

我現在蝸居在南京一座破舊的小樓裡，讀書、寫作、會客，與朋友搓麻將，沒有任何野心，沒有任何貪欲，沒有任何豔遇。這樣的生活天經地義，心情平靜、生活平靜，我的作品也變得平靜。

其他還有什麼？沒有什麼可說的了。

母校

我從來不知道我童年時就讀的小學的老師一直記著我。我的姪子現在就在那所小學讀書，有一次回家鄉時，我姪子對我說：我們老師知道你的，她說你是個作家，你是作家嗎？我含糊其辭，我姪子又說，我們×老師說，她教過你語文的，她教過你嗎？我不停地點頭稱是，心中受到了某種莫名的震動。我想像那些目睹我童年成長的小學老師是如何談論我的，想像那些老師現在的模樣，突然意識到一個人會擁有許多不曾預料的牽掛你的人，他們牽掛著你，而你實際上已經把他們遠遠地拋到記憶的角落中了。

那所由天主教堂改建的小學給我留下的印象是美好而生動的，但我從未想過再進去看一看，因為我害怕遇見教過我的老師。我外甥女小時候也在那所小學上學，有一次我去接她，走進校門口一眼看見了熟悉的禮堂，許多往事掠過眼前，腳步神奇地變得恍惚不定，我想繼續往校園深處走，但走了沒多遠恰好看見校長從辦公室出來，那個熟悉的身影竟然使我望而卻步，大概在幾秒鐘的猶豫之後，我慌慌張張地退到了小學的大門外。

偶爾地與朋友談到此處，發現他們竟然也有類似的行為。我不知道這麼做是不是好，我想大概許多人都有像我一樣的想法吧，他們習慣於把某部分生活完整不變地封存在記憶中。

離開母校二十年以後，我收到了母校校慶七十週年的邀請函，母校竟然有這麼長的歷史，我以前並不知道，現在知道了，心裡仍然生出了一些自豪的感覺。

但是開始我並不想回去，那段時間我正好瑣事纏身。我父親在電話裡的一句話使我改變了主意，他說，他們只要半天時間，半天時間你也抽不出來嗎？

後來我就去了，在駛往家鄉的火車上我猜測著旅客們各自的旅行目的，我想那肯定都與每人的現實生活有密切關聯，像我這樣的旅行，一次為了童年為了記憶的旅行，大概是比較特殊的了。

一個秋陽高照的午後，我又回到了我的小學，孩子們吹奏著樂曲歡迎每一個參加慶典的客人。我剛走到教學樓的走廊上，一位曾教過我數學的女老師快步迎來，她大聲叫我的名字，說，你記得我嗎？我當然記得，事實上我一直記得每一位教過我的老師的名字，讓我不安的是她這麼快步向我迎來，而不是我以學生之禮叩見我的老師。後來我又遇見了當初特別疼愛我的一位老教師，她早已退休在家了，她說要是在大街上她肯定認不出我來了，她說，你小時候特別文靜，像個女孩子似的。我相信那是我留在她記憶中的一個印象，她對幾千名學生的幾千個印象中的一個印象，雖然這個印象使我有點窘迫，但我卻為此感動。

就是那位白髮蒼蒼的女老師緊緊地握著我的手，穿過走廊來到另一個教室，那裡有更多的教過我的老師注視著我。或者說是我緊緊地握著女老師的手，在那個時刻我眼前浮現出二十多年前一次春遊的情景，那位女老師也是這樣握著我的手，把我領到卡車的司機室裡，她對司機說，這孩子生病剛好，讓他坐在你旁邊。

一切都如此清晰。

我忘了說，我的母校兩年前遷移了新址。現在的那所小學的教室和操場並無舊痕可尋，但我尋回了許多感情和記憶。事實上我記得的永遠是屬於我的小學，而那些塵封的記憶之頁偶爾被翻動一下，抹去的只是灰塵，記憶仍然完好無損。

沿著河溝向前走，我看見了螃蟹和水蛇的居所。牠們的居所坐落在溝堤逼仄的斜面上，是一些散亂的粗糙的洞，螃蟹洞略大一些，有一拳之徑，水蛇洞則小得令人驚嘆，水蛇們為自己建造了如此袖珍的家，你不得不承認人們所說的水蛇腰是世界上最細的腰。我彎著腰打量著那些洞，始終擺脫不了一個念頭，我想知道洞的內部是不是大一些，我想用手伸進螃蟹洞裡試一試，但我不知道螃蟹是否在家，我害怕牠的兩個大鉗子，更害怕的是洞的內部那個幽暗的神祕的世界。我記得自己在童年時代是多麼的膽小和保守，在最恰當的年齡，在最恰當的地點，我竟然放棄了探索洞穴世界的努力。

我見過更大更壯觀的洞。在中國的南方，凡是具備石灰岩地貌的崇山峻嶺，幾乎都有或大或小的溶洞。有的洞被開發了，成為了當地的旅遊資源，那些地下河和千姿百態的鐘乳石出現在印刷精美的畫冊上，呼喚著熱中於旅行探幽的人們，別有洞天！別有洞天！人們對洞的好奇彷彿光明對於黑暗的興趣，他們乘船穿越地下河，抬頭仰望洞天世界，在導遊的提醒和指點下，看見了無數神仙俠客妖魔鬼怪，他們或者在空曠的石灰岩坡上足生蓮花，或者青面獠牙地倒掛在洞頂岩壁上──當然，都是由石筍、石柱扮演的角色，它們完成這些角色也得到了燈光和化妝的幫助。值得深思的是和平年代人們對洞的處置方法，他們如今把這些隱祕幽暗的地下世界作為一部小說供人消遣，而在遙遠的戰爭年代，在不太遙遠的冷戰時期，人們對洞充滿了敬意，那是洞的紀年中最輝煌的歲月。人們對洞的敬意不只是對一個躲避戰火的地點的敬意。如果說人們把大地的懷抱視若母親的懷抱，他們對洞的感念之情則接近於孩子對外祖母的懷戀。這很自然，大地也有母親，大地的母親就是我這裡論及的洞──就像我多年以前去過的燕山深處的一個村子，村子裡的人把山坡上唯一的山洞稱為姥姥洞。

陰暗潮濕的洞穴一直準備著，準備拯救陽光世界裡的人，就像南斯拉夫導演埃米爾・庫斯圖里卡的電影《地下》中所描述的那個洞，那個神奇的寬廣的地下世界，它成為戰爭中人們最好的家園。逃入地下的快樂和自由比退避三舍所包含的意義要豐富得多，有趣得多。那個智慧的導演在這部電影中向我們展示了洞或者地下世界的使命和責任，洞的仁慈使它接納了所有需要逃避的人，官吏、平民、妓女和奸商們，包括猩猩、老虎和鸚鵡這些動物。洞中一日，地上百年，這種說法對地下世界的表述是消極的，而庫斯圖里卡的不同凡響之處在於他首次消除了人們對地下生活黑暗難耐的印象，他的地下世界人氣旺盛，物品充足，美女如雲，人欲橫流，除了看不見太陽和月亮，簡直可謂一個極樂世界。

這部電影讓我一下聯想起了三個偉大的作家：卡夫卡、杜思妥也夫斯基和普魯斯特。我相信庫斯圖里卡至少是受到了卡夫卡的影響，從某種意義上說，這部電影是卡夫卡《地洞》的延伸和擴展。這不重要，重要的是借助這一部電影和上述三人，我對洞的幻想從此顯得具體而深邃，而且憑藉著這份想像，我成了地洞愛好者。這是一件多麼奇妙的事情，對於太陽的描述總是使我不知所云，對於大地的描述使我覺得失之空泛，而一個電影導演和三個作家對洞穴世界的探索讓我心悅誠服，並且從內心得到了莫名的安慰！

我看見他們的亡靈棲息在洞中。卡夫卡、杜思妥也夫斯基，還有普魯斯特。卡夫卡的洞不加修飾，奧匈帝國時代的櫸木桌子上殘留著他在世時吃剩下的最後一片黑麵包，短命的公務員如今已經不再需要任何食物，便宜了那隻著名的長壽無疆的甲蟲，牠一直津津有味地啃食著跨世紀的黑麵包。我看見了杜思妥也夫斯基的洞，不在莫斯科，在他的流放地西伯利亞。這個洞更加陰冷，寒風從洞外面的白樺林裡吹進來，積雪從洞口倒灌下來，沒有火爐，主人瑟瑟發抖，正在絕望地等著下一次癲癇病的發作。稍微令人溫暖一些的洞是普魯斯特的，此洞非彼洞，它是用絳紫色天鵝絨精心裝飾過的，有壁爐，有燭檯，有胡桃木的大床，看上去金碧輝煌，但畢竟是一個洞，由於拒絕陽光和新鮮的空氣，貴族的資產階級的普魯斯特就像一個患了肺癆的貧窮的礦工，嘴裡咳著鮮血，對僕人一遍遍地講述著斯旺的愛情，腦子裡卻幻想著夏呂爾斯先生的勾當。

我聽見他們的文字向地下奔突的聲音，他們重複一個令人不安的動作——他們挖洞，他們不適宜體力勞動，可他們堅持挖洞。可憐這些天才蒼白的臉色，發紫的嘴唇，多病的羸弱的身體！而在另一個方面，他們對挖洞的必要性做出了最尖銳的、最深刻的孔武有力的表達。對於孤獨的感悟使他們平靜，對於生活的恐懼卻又使他們亂了方寸，於是他們的文字成為一種奇蹟，平靜，但又狂躁，即使在他們的有生之年，他們的靈魂已經與身體若即若離，是他們的靈魂首先做了抉擇，脫離地面，到地下去。到地下去！他們以倒栽蔥的姿勢完成了短暫的人生。世紀初的文壇如果悼念過這三個天才之死的話，只不過是把他們暴露在地面上的雙腳塞進洞中而已，不應有過多的悲傷。

「我的地洞的最大優點是寧靜。」這是卡夫卡對他的地下城郭的表述之一。可是寧靜不是地洞守護者的唯一追求。令人震驚的是卡夫卡挖洞的方法。「從事這樣一種勞動，我只能靠額頭。所以，我不分白天黑夜，成千上萬次地用額頭去磕碰硬土，如果碰出了血，我就高興，因為這是牆壁堅固的證明，而且誰都會承認，我的城郭就是用這個辦法建成的。」習慣於健康生活的人們一定不能承受這種表白，而另外一些對洞的愛好者這時候卻會熱淚漣漣了，只有他們會善解人意地附和這個怪人：是呀，人有一個家不容易，人若有一個洞，一定更不容易了。

其實也容易，想想那些螃蟹，想想那些水蛇吧，牠們能有洞，人為何不能有洞？洞只要足夠大，能容一人之身，就可以做一個人最後的家園。這是上述三位偉大的作家和一位優秀的導演傳授的經驗。我想這個道理人們終將會舉手同意，只是洞的選址比較關鍵，前面提及的庫斯圖里卡的電影中，地洞的入口是設在一個騙子家中，這很危險，也很麻煩，我如果要挖一個洞，一定要選一個最隱祕的地點，絕不告訴騙子，甚至也不告訴朋友——不告訴任何人。

水缸回憶

不知道為什麼，最近很懷念我們家的大水缸。

那口雄壯憨厚的大水缸已經從我家門邊消失很多年了，也從我的生活中消失已久，突然地對那麼個粗笨而實用的容器產生懷念之心，也許與創作有關，也許僅僅與生活有關。

我幼年時期自來水還沒有普及，一條街道上的居民共用一個水龍頭，因此家家戶戶都有一口儲水的水缸，我記得去水站挑水的大多是我的兩個姊姊，她們用兩隻白鐵皮水桶接滿水，歪著肩膀把水挑回家，帶著一種非主動性勞動常有的怒氣，把水嘩嘩地倒入缸中。我自然是袖手旁觀，看見水缸裡的水轉眼之間漲起來，清水吞沒了褐色的缸壁，便有一種莫名的亢奮，現在回憶起來，那是典型的屬於兒童的內心祕密，祕密的核心是水缸深處的一隻河蚌。

請原諒我向大人們重複一遍這個過於天真的故事，故事說一個貧窮而善良的青年在河邊撿到一隻被人丟棄的河蚌，他憐惜地把牠帶回家，養在唯一的水缸裡。按照童話的講述規則，那河蚌自然不是一隻普通的河蚌，蚌裡住著人，自然是仙女！不知是報知遇之恩，還是一下墜入了情網，仙女每天在青年外出勞作的時候從水缸裡跳出來，變成一個能幹的女子，給青年做好了飯菜放在桌上，然後回到水缸裡去。而那貧窮的吃了上頓沒下頓的青年，從此豐衣足食，在莫名其妙中擺脫了貧困。

我現在還羞於分析，小時候聽大人們說了那麼多光怪陸離的童話故事，為什麼獨獨對那個蚌殼裡的仙女的故事那麼鍾情？如果不是天性中有好逸惡勞的基因，就可能有等待天上掉餡餅的庸眾心理。我不燒開水，可是我很喜歡去打開我家的水缸蓋，缸蓋揭開的時候，一個虛妄而熱烈的夢想也展開了，水缸裡的河蚌呢，河蚌裡的仙女呢？我盼望看見河蚌在缸底打開，那個仙女從蚌殼裡鑽出來，一開始像一顆珍珠那麼大，在水缸裡上升，上升，漸漸變大，爬出來的時候已經是一個正規仙女的模樣了。然後是一個動人而實惠的細節，那仙女直奔我家的八仙桌，簡單清掃一下，她開始來往於桌子和水缸之間，從水裡搬出了一盤盤美味佳餚，一盤雞，一盤鴨，一盆炒豬肝，還有一大碗醬汁四溢香噴噴的紅燒肉（仙女的菜餚中沒有魚，因為我從小就不愛吃魚）！

很顯然，我從來沒有在我家的水缸裡看見童話的再現，去別人家揭別人家的水缸也一樣，除了水，都沒有蚌殼，更不見仙女。偶爾地我母親從市場上買回河蚌，準備燒豆腐，我卻對河蚌的歸宿另有想法，我總是覺得應該把河蚌放到水缸裡試驗一下，我試了，由於河蚌在水裡散發的腥味影響水質，試驗很快被發現，家裡人把河蚌從缸底撈出來扔了，說，你看看，辛辛苦苦挑來的水，不能喝了，你這孩子，聰明面孔笨肚腸！

我從來不認為自己笨，即使是這強迫性的幼年行為，我固執地剔除了智商因素，而把一切歸咎於好奇心。我在費里尼的自傳中讀到過他幼年時代的好奇心，他肆無忌憚地回憶了兒時鑽到餐桌底下打量女傭裙底春光的情景，還說「那裡頭又黑又難以親近，對我而言毫無魅力」。我相信一個幼兒對女傭身體的探祕不是出於性欲，而是好奇，好奇心是一種奇妙的植物，即使長在幽暗的空間，最後也可能開出絢麗的花來。我在費里尼的電影裡看見了好奇心開出的花朵，這也使我突然理解，為什麼那麼多藝術家們都在作品中孜孜不倦地探索性，表達性，而唯獨費里尼電影裡的性那麼童真，又那麼亢奮，童真和亢奮結合，竟然變得那麼溫暖！

對於費里尼同時代的其他孩子而言，最主要的影響來自帶有法西斯主義思想的家庭、教會和學校，而對費里尼來說，性、馬戲團、電影和義大利麵條才是他幼時的影響來源，性欲是他的自我摸索，馬戲團是旅途偶遇，義大利麵條是日常生活，而電影院是他人生第一次「驚豔」的地方，這是一個簡潔而令人意外的事實，在費里尼那裡，童年時代所有的好奇心、所有童稚的熱情最後都匯集在一起「驚豔」，變成了藝術的衝動，變成了生產力。

我懷念那隻水缸，其實是在懷念我的好奇心，我們那個時代的孩子，擁有毛澤東思想和狂熱費解的政治生活以及簡陋貧困的物質生活，並不吃虧，家家都有水缸，一隻水缸足以讓一個孩子的夢想在其中暢遊，像一條魚。孩子眼裡的世界與孩子的身體一樣有待發育，現實是未知的，如同未來一樣，刺激性腺，刺激想像，刺激智力，什麼樣的刺激最利於孩子的成長，我不清楚，但我感激那隻水缸對我的刺激。

不僅是水缸，我也感激那個年代流傳在街頭的其他所有浪漫神祕或者恐怖的故事，童話有各種各樣的講述方法，在無人講述的時候，就去聽聽水缸說了些什麼。我一直相信，所有成人一本正經的藝術創作與童年生活的好奇心可能是互動的，對於普通的成年人來說。好奇心是廣袤天空中可有可無的一片雲彩，這雲彩有時燦爛明亮，有時陰鬱發黑，有時則碎若游絲，對人對事對物，好奇心的運動方式也類似雲的運動，貌似輕盈實則詭祕莫測，漂浮不定，殘存在成年人身上的所有好奇心都變得功利而深奧，有的直接發展為知識和技術。對人事糾纏的好奇心導致了歷史哲學等等人文科學，對物的無限好奇導致了無數科學學科和科技發明，也讓我們一步步地跨入了物質文明，針對人的好奇心一半跨入文化藝術的門檻，在高處登堂入室，另一半容易走入歧途，走到低處去化為街談巷議飛短流長，有時不免被「謍」為窺伺、窺探，或者叫窺探欲窺伺狂，幾乎是別人頭頂上的一片烏雲了。而所謂的作家，他們的好奇心是被刻意地挽留的，在好奇心方面扮演的角色最幸運也最蹊蹺。他們似乎同時擁有幸運和不幸，作家的好奇心是被自己和他人慫恿過的，也被文字組織和人物心理所慫恿，他們的好奇心包羅萬象，因為沒有實用價值和具體方向而略顯模糊。憑藉一顆模糊的好奇心，卻要對現實世界做出最鋒利的解剖和說明，因此這職業有時讓我覺得是宿命，是挑戰，更是一個奇蹟。

一個奇蹟般的職業是需要奇蹟支撐的，我童年時期對奇蹟的嚮往都維繫在一隻水缸上了，時光流逝，帶走了水缸，也帶走了一部分奇蹟。我從不喜歡過度美化童年的生活，也不願意坐在回憶的大樹上賣弄氾濫的情感，但我絕不忍心拋棄童年時代那水缸的記憶。水缸從我的生活中消失了，可是這麼多年我其實一直在寫作生活中重複那個揭開水缸的動作，誰知道這是等待的動作還是追求的動作呢？從一隻水缸中看不見人生，卻可以看見那隻河蚌，從河蚌裡看不見鑽出蚌殼的仙女，卻可以看見奇蹟的光芒。

美國詩人E.E.卡明斯三十一歲時寫了一首詩，差不多像一個孩子幼稚的塗鴉，我卻莫名地喜歡，摘錄幾句如下：

誰知道月亮是不是
一隻氣球，來自天上的
一座漂亮城市——
那裡到處是可愛的人們！

月亮肯定不是一隻氣球，天上的漂亮城市是有的，但肯定是海市蜃樓，漂亮的城市裡人們都很可愛嗎？我看不一定，再漂亮的城市裡也會住著幾個凶惡醜陋的殺人犯——可是這樣寫詩卻是真的可愛！

我沒有更多的修辭方法了，還是要說水缸。我最後要感激水缸的是它龐大蕪雜的象徵意味，我們的現實生活也是一隻巨大的水缸，這水缸裡的水一日少於一日，一日渾於一日，但有了那個蚌殼裡的仙女的存在，我們可以樂觀，既然她會做飯，應該也會提供飲用水或者生活用水，因此我們必須相信水缸。相信水缸就是相信生活。

牛車水、榴槤及其他

這一定是我到過的最近赤道的城市，她的悶熱的空氣和毒箭似的陽光不是突然襲擊，是每一個外來的旅行者有所準備的，因此新加坡總是熱得問心無愧，也因為問心無愧，熱得不免有點瘋狂，我走出旅館的大門，感到什麼東西熱辣辣地傾倒在我的身上，一定神，才醒悟到那不是什麼異常的物質，不過是新加坡正午的陽光罷了。

我到牛車水去，這個名字莫名其妙地讓我興奮，而且喜歡，我告訴接待我的朋友說，要去牛車水看看，她用一種同情的目光看著我，那樣的目光大概是表示對我這種被旅行手冊毒害了的人的同情，但她還是告訴了我去牛車水的路，建議我坐地鐵去。她說，離這裡很近，但走路去太陽太晒了，這個時候，我們一般不出門的。

但我到了一個陌生國度，最喜歡的就是出門。我到了牛車水就知道牛車水已經與牛、車、水都沒有關係了，與整個潔淨的富麗堂皇的花園國度相比，這似乎是唯一一隻未經修飾的花壇。牛車水只是一個傳統華人街區，街上沒有什麼人，密集的店鋪和衣著隨便的商販以一種懶散的熱帶風度應對著路人，電風扇、拖鞋、短褲、廉價商品，南洋紅花油、白樹油，肉骨湯、叻撒、潮州會館、按摩房、私人診所、博物館，都不卑不亢地做著類似的手勢，買也行，不買也行，吃點也行，不吃也行，進來也行，不進來也行。是的，逛一逛就行，天氣太熱了，我滿頭大汗在牛車水一帶走，內心不時被一個低智商的疑問折磨著，這牛車水為什麼看著這麼親切，也許是因為她像我到過多次的老廣州老廈門吧。

我住的旅館就在新加坡河岸邊，一座小橋，直接通到對面河邊的小街上，一入夜小街那邊的燈光就很有節制地輝煌起來，岸上錯落有致的植物一下就顯出一種旖旎的綠色，並且把園藝工人的苦心也以幾何形狀勾勒出來了。臨河而設的酒吧和餐廳迎來了黑壓壓的不知從何而來的客人，河邊的風景像流行歌手那英一樣提醒我，白天不懂夜的黑，這黑是燈光下的黑，因此黑得歡樂，黑得富足而祥和。對於我這樣來去匆匆的遊客而言，很容易記住新加坡白天炎熱的寂靜的街道，也容易被河邊燈光下的杯盤交錯所吸引，約了朋友去到那燈光下，喝了些啤酒，吃了非常美味的黑胡椒炒膏蟹，突然卻迷惑起來，白天和黑夜到底哪個代表新加坡的心情呢？

好多年前我去過馬來西亞，從吉隆坡到馬六甲，從檳城到雲頂，那個國家讓我時不時地想起南洋這個字眼，椰林、橡膠林，並且眼前多次浮現出來自閩粵的勞工在晨曦初露時割膠的畫面。在新加坡，我只是從旅館到牛車水，最遠到了魚尾獅附近的海面上，這國家的面積不能滿足我這樣的旅行者山河湖海到此一遊的庸俗野心，甚至她的南洋風情也已經被塑造成一個迷你型大花園了，從新加坡到新加坡，轉眼之間旅程結束，但是恰好是這個小小的國家，讓我第一次在身處異國的時候想起更加遙遠的第三個國家。

離開新加坡的最後一個晚上，一個畫家朋友帶我們幾個去吃榴槤，不是普通地吃，是帶有一點探險地吃，我們開著車去畫家熟悉的一個榴槤攤子先吃了一氣，此為榴槤正餐，然後畫家朋友說帶我們去另一個地方吃榴槤夜宵，汽車就穿過了一段黑漆漆的公路，黑暗中突然出現一盞蠅頭小燈，掛在一片樹林中，燈下竟然也是一個榴槤攤，一個漢子威嚴地守在燈下，在黑暗中守候著他的客人。

我一直納悶此夜榴槤之行為什麼如此豐盛而繁複，但畫家說這攤子上的榴槤都採自馬來西亞的某處高山上，不是一般的榴槤。我突然就想到了早已模糊的馬來西亞的風景，想到多年以前我在檳城城外的一條公路邊第一次吃榴槤的情景，也是在樹下，但是在熱帶的陽光和公路的塵土中吃，賣榴槤的是一個戴斗笠的黑衣老婦人。我想印度尼西亞會不會也有榴槤，南美洲的一些赤道沿線的國家會不會有榴槤，最後我竟然想起海南島的椰林和椰子來了，我當然不好意思把飛翔的思緒告訴給他們聽，但有一句話我可以很禮貌很得體地告訴那些新加坡的朋友，正是新加坡，讓我感覺到世界很大很大。

一個城市的靈魂

幾年前一個夏天的傍晚，與一個來自北方的朋友在明孝陵漫步，突然覺得有一件意外的事情正在發生。這意外首先緣自感官對一個地方的特殊氣息的敏感，我們在那個炎熱得處處流火的日子裡，抬手觸摸到這座陵墓的石牆，竟然感到了一種濕潤的冰涼的寒意，感到石牆在青苔的掩飾下做著一個灰色的夢，這個夢以鳳陽花鼓為背景音樂，主題是一個名叫朱元璋的皇帝。我們的鼻腔裡鑽進了一股濃郁的青草或者樹葉默默腐爛的氣味，這氣味通常要到秋天的野外才能聞到，但在明孝陵，腐爛的同時又是美好的季節提前來到了。

所以我說，那天我在明孝陵突然撞見了南京的靈魂。

十八歲離開家鄉之前，我去過的最遠的城市就是南京。那是一次特殊的旅行，當時有來自江蘇各地的數百名中學生聚集在建鄴路的黨校招待所裡，參加一個大規模的中學生作文競賽。三天時間，一天競賽，一天遊覽，一天頒獎。現在我已經忘了那三天的大部分細節了，因為我名落孫山，沒有資格品嘗少年才俊們光榮的滋味，相反的我記得離開南京時悶熱的天氣，朝天宮如何從車窗外漸漸退去，白下路太平南路上那些大傘般的梧桐樹覆蓋著寥落的行人和冷清的店鋪，這是一座有樹蔭的城市。它給我留下了非常美好的印象，後來我們一大群人在火車站前的廣場候車，忽然發現廣場旁邊的一大片水域就是玄武湖。不知是誰開了頭，跑到湖邊去洗手，大家紛紛效仿，於是一群中學生在玄武湖邊一字排開，洗手。當時南京的天空比現在藍，玄武湖的水也比現在清，我記得那十幾個同伴洗手時潑水的聲音和那些或者天真或者少年老成的笑臉。二十多年過去以後，所有人手上的水滴想必已經了無痕跡，對於我，卻是在無意之中把自己的未來融進了一掬湖水之中。除了我，不知道當年那群中學生中還有誰後來生活在南京？

這是一個傳說中紫氣東來的城市，也是一個虛弱的淒風苦雨的城市，這個城市的光榮與恥辱比肩而行，它的榮耀像露珠一樣晶瑩而短暫，被寵信與被拋棄的日子總是短暫地交接著，後者尤其漫長。翻開中國歷史，這個城市作為一個政權中心作為一國之都，就像花開花落那麼令人猝不及防，悵然若失。這個城市是一本打開的舊書，書頁上飄動著六朝故都殘破的旗幟，文人墨客讀它，江湖奇人也在讀它，所有人都感覺到了這個城市尊貴的氣質，卻不能預先識破它悲劇的心跳。八百年前，一個做過乞丐做過和尚的安徽鳳陽人朱元璋，在江湖奮鬥多年以後，選擇了應天作為大明王朝的首都，南京在沉寂多年後迎來了風華絕代，可惜風華絕代不是這城市的命運，很快明朝將國都遷往北京，將一個未完成的首都框架和一堆王公貴族的墓留在了南京。一百多年前，一個來自廣東的「拜上帝會」的不成熟的基督徒洪秀全，忽然拉上一大幫兄弟姊妹揭竿而起，一路從廣東殺到南京，他也非常宿命地把這個城市當做太平天國的目的地，可是這地方也許有太平就無天國，也許有天國就無太平，一個湖南人曾國藩帶著來自他家鄉的湘軍戰士征伐南京城，踏平了洪秀全的金鑾夢。

迷信的後人有時為明朝感到僥倖，即使是建文帝的冤魂在詛咒叔叔朱棣的不仁不義的同時，也應該感激朱棣的遷都之舉，也許這一遷都將朱明江山的歷史延長了一百年甚至兩百年。

多少皇帝夢在南京灰飛煙滅，這座城市是一個圈套重重的城市，它從來就不屬於野心家，野心家們對這王者之地的鍾愛結果是自討苦吃。似乎很難說清楚這城市心儀誰屬於誰，但是它不屬於誰卻是清楚的。

如今我已經在南京生活了多年。選擇南京作為居留地是某種人共同的居住理想。這種人所要的城市上空有個燦爛的文明大光環，這光環如今籠罩著十足平民的生活。這城市的大多數角落裡，推開北窗可見山水，推開南窗可見歷史遺跡。由於不做皇帝夢，不是什麼京城，所以城市不大不小為好，在任何時代都可徒步代車。這一類人不愛繁華喧鬧也不愛沉悶閉塞，無法擁有自己的花園但希望不遠處便有風景如畫的去處。這類人對四周的人群默默地觀察，然後對比自己，得出一個結論，自己智商超群精明強幹，而他們淳樸厚道容易相處。這類人如果是魚，他們發現這座城市是一條奔流著的卻很安寧的河流。無疑地，我就屬於這樣的人，我身邊還有很多朋友，他們的職業幾乎都是一種散漫的自我中心的職業，寫作，繪畫，他們在這裡生活得非常自得，這局面似乎是一種不勞而獲的勝利，皇帝們無奈放棄的城市，如今成了這類人的樂園。

除了冬夏兩季的氣候遭到普遍的埋怨，外來者們幾乎不忍心用言辭傷害這個城市平淡安詳的心。中山陵在遊客的心目中永遠處於王者地位。當你登上數百個台階極目遠眺，方圓十里之內一片林海，綠意蒼蒼，你會承認當年料理孫先生後事的班子是一個「感覺很好」的班子。這是一個最適合於偉人靈魂安息的地方。在和平的年代裡，紫金山與長江不必是禦敵的天然屏障，它們因此心情愉快，盡職盡力地使身邊的城市受到了山水的孕育，也使這個城市的上空蒸騰著吉祥的氤氳之氣。革命與奮鬥過後，南京城總是顯得很休閒的樣子，而東郊的森林好像一隻枕頭，一個城市靠在這枕頭上，以一種自得的姿勢開始四季酣暢的午後小憩。

午後小憩過後，在南京的街巷裡，一些奇怪的烤爐開始在街角生火冒煙，無數的小店主與鴨子展開了遍布全城的戰役，他們用鐵鈎子把一隻隻光鴨放進爐火之中，到了下午，幾乎每條街巷都能聞見烤鴨的香味。黃昏時分，當騎車下班的家庭主婦們在回家途中順便準備一家的晚餐，那些油光光的烤鴨和先期製造好的鹽水鴨以及鴨肫鴨頭鴨腳之類的，一個龐大的鴨家族已經在各家熟食店的櫥窗裡恭候她們的挑選了。不知道南京人一年要吃掉多少鴨子，還有鵝。

我記得一九八四年初到南京，在一所學院工作，我的宿舍後面是河西通往城西幹道的一條輔路，每天清晨都能聽見鴨群進南京的喧鬧聲，年復一年的，那麼多鴨子頂著霞光來到南京，為一個城市永恆的菜單奉獻自己，這也是地球上獨一無二的傳奇。是鴨的傳奇，也是南京人的傳奇。我從來無意去探究其中的起源，但無意中讀到一個義大利人的小說，寫一個沒落潦倒的貴族設宴招待一個貴賓，主人所想到的第一道菜便是鴨肉，我不禁會意地笑了，看來鴨子成為這個城市的朋友不是偶然的，勉強也好，自然也好，食物裡面確實是可以拉出一條文化的線索的。

世紀末急劇推進的全球化浪潮使每個地方的日常生活趨於雷同，但有時候一隻鴨子也能提醒你，一個城市有一個城市的緬懷和夢想。

直到現在，許多朋友提及的南京幽勝之地我還沒去過，但一個人如果喜歡自己的居住地，他會耐心地發現這地方一草一木的美麗。以前還算年輕的時候，每年夏天我會和朋友去紫霞湖或者前湖游泳，那兩座湖，一個能看見中山門城牆，一個面向著紫金山。我記得在紫霞湖那次夜泳，是八月將盡的時候，一群朋友騎著自行車闖到了湖邊。人在微冷的水中漂浮，抬眼所見是黑藍色的夜空和滿天的星斗，耳邊除了水聲，便是四周樹林在風中沙沙作響的聲音，你能聽見自己呼吸的聲音，似乎也能聽見湖邊的草木和樹葉的呼吸，一顆年輕的心突然便被這城市感動了，多麼美好的地方，多麼安寧的地方，我生活在這裡，多好！

這份感動至今未被歲月抹平，因此我無怨無悔地生活在這個歷史書上的淒涼之都，感受一個普通人在這座城市裡平淡而絢爛的生活。我仍然執著於去發現這座城市——但眾所周知，這座城市不必來發現我了。

好多年前的一個下午，我在一座火柴盒似的工房的三層樓上眺望著視線中一條狹窄的破舊的小街，這是我最熟悉的窮街陋巷之一，也是多少年來被市政建設所遺忘的一條小街——是一條沒有建設必要的小街，它的一頭通往一座清代同治年間修建的石拱橋，另一頭通往近郊的某某大隊的農田和晒穀場（六、七〇年代），或者通往新的環城公路和一片新興的混雜著國營企業村辦企業的工廠區（八〇年代）。我在午後的陽光中眺望那條小街時忽然記起來我小時候是怎麼走過那裡去我母親所在的工廠食堂吃午飯的，我記得橋下的公共廁所，小街從這頭到那頭的大多數人家的家庭主婦和與我同齡的孩子，我記得他們在路人的視線裡匍在餐桌前吃午飯的情景。令我感嘆的是好多年過去了，公共廁所還在那裡，石子路鋪上了水泥，但路面還是那麼狹窄而濕漉漉的，人們還是享受著狹窄帶來的方便，非常輕易地就可以把晾衣服的竹竿架在對鄰的房頂上，走路和騎自行車的人仍然在被單、毛線、西裝、褲子甚至內衣下面穿行，這是我最熟悉的小街的街景，紊亂不潔的視覺印象中透出鮮活的生命的氣息。一些老人一定已經死了，大多數人還活著，大多數人在小街上養育著兒女甚至兒女的兒女。小街的日常生活一切依舊，就像一隻老式的掛鐘，它就那麼消化一個轟轟烈烈的時代，消化著日曆上的

南方是什麼

時間和新聞報導中的事件，它的鐘擺走動得很慢，卻鎮定自若，這鐘擺老氣橫秋地糾正著我腦子裡的某種追求速度和變化的偏見：慢，並不代表著走時不準，不變，並不代表著死亡。

那天下午我突然聽到了一條南方小街的生存告白，這告白因為簡潔而生動，因為世俗而深刻，我被它的莫名其妙的力量所打動：

我從來沒有如此深情地描摹我出生的香椿樹街，歌頌一條蒼白的缺乏人情味的石子路面，歌頌兩排無始無終的破舊醜陋的舊式民房，歌頌街上蒼蠅飛來飛去帶有黴菌味的空氣，歌頌出沒在黑洞洞的窗口裡的那些體形瘦小面容猥瑣的街坊鄰居。我生長在南方，這就像一顆被飛雁銜著的草籽一樣，不由自己把握，但我厭惡南方的生活由來已久，這是香椿樹街留給我的永恆的印記。

這是我在那年夏天寫的一部中篇小說《南方的墮落》中的開頭部分。現在我應該解釋它，可我發現我讓自己陷入了困境，我在自己的寫作中發現了一種敵意，這種敵意針對著一個虛構的或現實中的處所：南方。南方是什麼？南方代表著什麼？而我所流露的對南方的敵意又意味著什麼呢？

也許首先來自對回憶本身的敵意。人們在回憶之前通常會給自己的回憶規定一種情感立場，粉飾性的美好的感傷的，或者冷靜的客觀的力求再現歷史的，而我恰好選擇了一種冷酷得幾乎像復仇者一樣的回憶姿態。這是一種偏執的難以解釋的敵意。我的所謂南方生活僅僅來自於我個人的生活與某個地點的關係的機械的劃定，我的南方是一條橫亙在記憶中的六〇年代七〇年代的街道，而我當時是個孩子。一個孩子對周圍世界的認識是模糊的，同時也是不確定的，如果說人們對事物的敵意來自此事物對你潛在的或者明顯的傷害，我現在卻不能準確地描寫這種傷害的細節，因此我懷疑這份敵意可能是沒有理由的。

所有借助於回憶的描述並不可靠，因此不值得信任，就像我在某篇文章中提及我的一個小學老師，我一直認為我對她的記憶非常深刻，我以為我在還原一個過去的人物，可是甚至她的籍貫和家庭背景後來都被我的其他小學老師證明是錯誤的，唯一準確的是我對她外形面貌的描述。一個事實有時讓你恐慌，可靠的東西存在於現實之中，卻不存在於回憶之中，如此我不得不懷疑我的敵意了，這敵意其實也不可靠。我也不得不懷疑我的南方，它到底在哪裡，我有過一個南方的故鄉嗎？

大家所崇敬的阿根廷作家波赫士恰好有一個美妙無比的短篇小說，名字就叫〈南方〉。「誰都知道里瓦達維亞的那一側就是南方的開始。」在這篇小說裡，南方是從一個地名開始延伸其意義的，而病病歪歪的主人公達爾曼與他手中的《一千零一夜》以及「南方」形成一個孔武有力的三角關係，支撐著作家所欲表達的所有思想空間。達爾曼來到南方，《一千零一夜》始終無法掩蓋殘暴的冰冷的現實，在雜貨鋪裡，有人向病中的達爾曼扔麵包心搓成的小球，於是一個世界上最不適合決鬥的人不得不接受一把冰冷的匕首。

南方的意義在這裡也許是一種處境的符號化的表達。

我的南方在哪裡呢？我對南方知道多少呢？

在我從小生長的那條街道的北端有一家茶館，茶館一面枕河，一面傍橋，一面朝向大街，是一座老舊的二層木樓，很長一段時間裡，我像一個善於取景的電影導演一樣把它設置為所謂南方的標誌物。我努力回憶那裡的人們，燒老虎灶的起初是一個老婦人，後來老婦人年歲大了，幹不動了，來了一個新的經營者，也是女的，年輕了好多，兩代女人手持鐵鍬往灶膛裡添加礱糠時的表情驚人地相似，她們皺著眉頭，嘴裡永遠嘀咕著發著什麼牢騷，似乎埋怨著生活，似乎享受著生活，她們勞動的表情是我後來描寫的南方女性的表情的依據。更重要的參照物是一些坐著說話的人，坐在油膩的八仙桌前用廉價的宜興陶具喝茶的那些人，曾經被我規定為最典型的南方的居民，他們悠閒、瑣碎、饒舌、紮堆，他們對政治和國家大事很感興趣，可是談論起來言不及義鼠目寸光，他們不經意地談論飲食和菜餚，卻顯示出獨特的個人品味和淵博的知識，他們坐在那裡，在離家一公里以內的地方冒險、放縱自己，他們嗡嗡地喧鬧著，以一種奇特的音色綿軟的語言與時間抗爭，沒有目的，沒有對手，自我遊戲帶來自我滿足，這種無所企望的茶館腔調後來也被我挪用為小說行進中的敘述節奏。

可是比虛構更具戲劇性的是事物本身，就是前面所說的這家茶館，就好像是一些不負責任的小說和電影處理一個重要場景一樣，茶館最後付之一炬。一九九〇年春天，也就是在我寫《南方的墮落》前的幾個月前，那家茶館非常突然而無法補救地失火倒塌了。我回到家鄉的時候看見的是一片廢墟。我在茶館的廢墟上停留的時候感覺到某種失落，可是我的失落不是針對一座茶館的消亡，而是源自一個寫作藍本的突然死亡，我的哀悼與其說是一人對一物的哀悼，不如說是一個寫作者對一個象徵一個意象的哀悼。

如果說那座茶館是南方，這個南方無疑是一個易燃品，它如此脆弱，它的消失比我的生命還要消失得匆忙，讓人無法信賴。我懷疑我的南方到底是什麼？南方到底在什麼地方？

我對我經常描述的一條南方小街的了解到底有多深呢？我對它的固執的回憶是否能夠隨著時間的流逝觸及南方的真實部分呢？

我的頭腦中現在一一閃現的仍然是前面那條小街的景物。很抱歉我要說小街上的另一個公共廁所。這個廁所的歷史非常短促，我記得小時候它不存在，它所在的位置原先應該是一塊空地，空地後面的人家長年地在那裡種一些小蔥和雞冠花之類的東西。有一年廁所出現了。一個簡陋的南方常見的街頭公共廁所，但是修建得十分匆忙，裡面的水泥地面甚至都沒有抹平便投入使用了，這個廁所對附近的居民充滿了善意，只是無人管理，因此很髒也很臭。這是一個特殊的有著某種危險的廁所，因為它面對著附近的一個居民小區，從小區的高樓上可以清晰地看見如廁人的面貌甚至如廁的姿勢，所以對於使用廁所的人和小區高樓陽台上的居民來說，廁所造成了雙重的尷尬。而我作為一個寫作者，當我在住所的陽台上眺望小街風景時，我怎麼也無法忽略廁所的存在，我的目光注定是不平靜的，一種曖昧不潔的觀察導致了一種更加難以表述的厭惡感和敵意。這厭惡感和敵意不僅僅是生理上的，也因為那間廁所造成了我忠實記錄小街風情的一大障礙。所幸的是這廁所也一樣不能逃脫它滅亡的命運，不同於茶館的焚毀，這間不必要存在的廁所後來被人填平了，填平以後又在原址上蓋了一間房子，後來我發現有一對年輕的夫婦住在那房子裡，有時候我從那裡經過的時候，從窗戶看見那對夫婦坐在裡面看電視。我感到很高興，這幾乎是小街多少年來最大的一次改變了，這改變的意義對於我來說是特殊的，我走過那裡的時候回想這塊空地多少年來的變化，突然發現了類似波赫士的〈南方〉中的三角支撐：小蔥雞冠花、公共廁所、年輕夫婦的家，這是一個關於小街回憶的三角支撐，由此我依稀發現了我所需要的南方的故事。

可是這是南方嗎？我同樣地表示懷疑。我所尋求的南方也許是一個空洞而幽暗的所在，也許它只是一個文學的主題，多少年來南方屹立在南方，南方的居民安居在南方，唯有南方的主題在時間之中漂浮不定，書寫南方的努力有時酷似求證虛無，因此一個神祕的傳奇的南方更多地是存在於文字之中，它也許不在南方。

我現在仍然無數次地走過那條小街，好多年過去以後我對這條小街充滿了敬畏之情，這是一隻飛雁對樹林的敬畏，飛雁不是樹林的主人，就像大家所說的南方，誰是南方的主人？當我穿越過這條小街的時候我覺得疲憊，我留戀回憶，我忍不住地以回憶觸摸南方，但我看見的是一個破舊而牢固的世界，這很像《追憶逝水年華》中蓋爾芒特最後一次在貢布雷地區的漫步，「在明亮的燈光下世界是多麼廣闊，可是在回憶的眼光中世界又是多麼的狹小！」而一個作者迷失在南方的經驗又多麼像普魯斯特迷失在永恆與時間的主題中。

瓦爾特・班雅明說得好：「我們沒有一個人有時間去經歷命中注定要經歷的真正的生活戲劇。正是這一緣故使我們衰老。我們臉上的皺紋就是激情、惡習和召喚我們的洞察力留下的痕跡。但是我們，這些主人，卻無家可歸。」

是的，我和我的寫作皆以南方為家，但我常常覺得我無家可歸。

法國作家馬爾羅在他的《反自傳》中如此描述他的童年印象：「我認識的絕大多數作家熱愛自己的童年，我卻憎恨自己的童年。」不知為什麼，這個對童年生活的簡潔的回顧既引起了我的同感，又引起了我的反感。

我不知道馬爾羅後來在印度支那那近乎傳奇的漂泊生活是否是對他寂寞的童年生活的一次補償，我不知道他未來的充滿異域色彩的《人的命運》、《王家大道》是否是對童年時代過剩的想像力的一次填空，但我認為熱愛也好，憎恨也好，一個寫作者一生的行囊中，最重的那一隻也許裝的就是他童年的記憶。無論這記憶是灰暗還是明亮，我們必須背負它，並珍惜它，除此，我們沒有第二種處理辦法。

現在我懷著熱愛和憎恨想起我的封閉而孤獨的童年生活，我想起許多年前的一個冬天的下午，我穿著臃腫的棉衣棉褲在門外的街道上跳繩，看見一些成年人行色匆匆地走過蘇州城北端的街道，那大概是六〇年代後期「文化大革命」中的事情，如果我來描述當時那些路人的狂熱的表情或者迷茫的眼神，那一定是虛構，我不記得了，我無法描繪外界的事物，但我記得我在寒冷的冬天下午跳繩，我在

童年生活的利用

跳，那就是我的童年記憶，多麼簡潔，但是又多麼生動。這個記憶對我是有用的。我還想起在玩具短缺的年代裡，我和小夥伴們在鐵路上玩過的一種危險的遊戲，我們大家把家裡的銅絲找出來，繞成圈狀，然後把它們放在鐵軌上，等待火車到來，等待火車的車輪碾軋我們各自的銅絲圈，當火車飛快地駛去後，我們看見經車輪碾軋過的銅絲圈被放大了、膨脹了，這種經過了變形改造了的東西成為我們那裡流行的釘銅遊戲的主要工具。我想說那樣的銅絲圈也是我的童年。前幾年我還在我父親的抽屜裡看見過這樣的一個銅絲圈，它引起的聯想只是童年生活的幾個片段，可如今我描述的時候必須規定某種感情色彩，熱愛或者憎恨？都可以，全是我所需要的。

童年生活其實一直在我們身上延續甚至成長。一個人一生中要面臨多少個黑夜，而孩子們眼睛裡的黑暗是最濃重的，一個人一生中同樣要迎來多少個太陽，而太陽對於孩子們其實沒有什麼寓意，從這個意義上說，童年是值得我們描繪的。詹姆斯·喬伊斯的《都柏林人》描繪的就是這種濃重的黑暗和意義不詳的陽光，就像《阿拉比》中的那個男孩，為了給他心儀的女孩買一件禮物，在夜色中搭火車來到了集市上，可等他到了那個集市後發生了什麼？集市上的最後一盞燈熄滅了！

一個無所收穫的童年等待著未來，但是是在什麼地方等待呢？是在一個很大很深的坑裡。羅蘭・巴特曾經真切地描寫過這樣的處境，他在《自述》中回憶道：我們在一個大坑裡玩，後來所有的孩子都上去了，唯獨我上不去；他們從高處地面上嘲笑我：他上不來，就只他一個了！他離群了！據羅蘭・巴特的回憶，是他母親把兒子從大坑裡救了出來。

孩子們不知道未來生活的困境從他們的遊戲中就開始了，離群的孤獨幾乎是每一個人的命運，恐懼和抗爭將成為未來生活中最重要的使命。而作家們往往敏感地捕捉著種種從青少年時期開始的恐懼和抗爭的細節，在余華早期的小說〈十八歲出門遠行〉中，十八歲的青年以離鄉遠行開始逃避恐懼並且開始他的抗爭，但通往遠方的公路起伏不止，「像是貼在海浪上，我走在這條山區公路上，我像一條船。」對於公路的表述其實仍然是對於恐懼感的表述，而小說中的青年在公路上看不見汽車，唯一遇見的一輛汽車也無情地拒絕了青年搭車的請求，這讓我們聯想起《阿拉比》中站在黑暗的集市中的男孩，也讓我們想起了陷在大坑裡爬不出來的童年時代的羅蘭・巴特，只是母親不在場。我覺得余華的這篇小說是在描寫一種被延續了的果斷的孤立無援的童年。無獨有偶，莫言的離經叛道的小說〈歡樂〉描寫的恰恰是一個少年的母親，同樣是緣於恐懼和抗爭，母親的形象被想像為陽光或者庇護的象徵，但少年眼裡的母親身上竟然爬滿了跳蚤！莫言這樣寫道：「跳蚤在母親紫色的肚皮上爬，爬！在母親積滿污垢的肚臍裡爬，爬！在母親泄了氣的破氣球一樣的乳房上爬，爬！」在這裡，一個挑戰人們閱讀胃口的母親形象能夠激發你的思索，這個母親始終在場，但這個骯髒的衰弱的母親養育了兒子，也必將毀滅他。這當然是小說中的男主人公成年以後的恐懼，這可怕的現實在童年時是被掩蓋了的，可是它終將被殘酷地發掘，在這種發掘過程中作家們發現了某種小說的脈絡，或許因此發現了人類生活的某種脈絡，於是，當一個身上爬滿跳蚤的母親出現時，童年就被寫作者最完美地利用了。

也許我們都將利用童年記錄一些最成熟的思想。為什麼不利用呢，聽聽列夫・托爾斯泰是怎麼說的。他說，一個作家寫來寫去，最後都會回到童年。

之一：萊比錫的臉

萊比錫的臉，長年以來被國際博覽會的巨幅海報遮蓋著，有點蒼白，也有點癢了。人們每年來到萊比錫，看見的也許只是城市的身體，不是她的臉。

在世界各地的商家們帶著展品離開這個城市的時候，萊比錫完成了一年一度的使命，打掃好貿易的戰場，送走客人們的訂貨單和支票簿，她翻了個身，開始照顧自己了。這個季節是萊比錫自己的季節，悠閒，有點冷清，但更像春天，城市的呼吸是自然的順暢的，城市的臉現在充分沐浴著陽光和風，嚴肅和美麗一點點流露出來，這嚴肅緣於城市的歷史文化和人民的記憶，因此令人敬畏，這美麗也是文化之美，因此不張揚，不羞怯，是內斂自信的美，無論朝向哪個角度，都令人驚豔。

兩個重疊的M是萊比錫的城市標誌，在很多地方可以看見這個標誌。也許有人會告訴我，這就是萊比錫的臉，但我總是不容易記住標誌，卻記得標誌棲身的建築，或者僅僅是那建築旁邊的一棵樹。對於一個血肉豐滿的城市來說，所有的標誌都是空洞的，這城市的臉需要你去依偎她，依偎了才能感知她的溫度，才能用

萊比錫日記

素描的筆法去勾畫她。對我來說，我要捕捉的不僅是一張城市的臉，不僅是線條，還有表情。這城市的表情注定是深沉的，針對觀光者的宣傳手冊上，萊比錫有萊比錫的光榮和驕傲，屈辱和創傷，而我的私人目光，最終是我對一個城市的記錄，它不負擔別的，只對我的目光負責。

我帶了一個三星照相機到萊比錫來，是性能不錯但體積笨重的，我最後悔的是沒把家裡那個小的帶來，小的拿出來放進去都方便，不像現在，我拿出那個大傢伙來，這裡拍，那裡拍，弄得一本正經，好像一個三流的攝影記者。

可是值得拍照的地方實在很多，驚喜無處不在。

這是我前天偶爾路過的一家旅館，巴伐利亞廣場旅館，因為覺得旅館很漂亮，走過去一看，牆上釘了塊牌子，原來是卡爾・馬克思住過的旅館！

之二：萊比錫的有軌電車

如今這個時代，是在天堂與地獄之間徘徊的時代，語言和文字也在徘徊，只是它們比這個時代更迷茫，因為沒有人知道文字的天堂在哪裡，語言的地獄在哪裡。字典裡的科技詞彙越來越多，好多詞彙我不懂，我看那些新的電子產品的說明書，看得一頭大汗，最後往往還是一知半解，那是我的一個隱私，也是我作為一個文字工作者最大的噩夢。

如今這個時代，好多詞彙也在痛苦地失落，「樸拙」變成了家具或者瓷盤設計的風格，「懷舊」站到了造作的同類詞的隊伍裡，「抒情」則幾乎淪為一種不三不四的精神疾病了。這些詞彙本來離你很遠了，但突然你遭遇了某一時刻，那三個詞彙同時出現，像三個失蹤的孩子，他們向你跑來，幾乎帶著一種魅人的力量，這要感謝萊比錫的有軌電車。

是前天早晨，天空陰雨，我沿著十月十八日大街走到老巴伐利亞火車站，看見一列有軌電車穿過綿綿細雨，從新市政廳的方向駛來，我聽見了電車在濕潤的軌道上滑動的聲音，這就是讓我莫名心動的那個時刻，我看見這列有軌電車帶著那三個詞彙過來，樸拙，懷舊，抒情。我突然想起童年時候跟著父親去上海，也是在雨中，一個雨中的早晨，見到過上海的有軌電車。這記憶的喚醒出其不意，我站在巴伐利亞車站工地的圍牆外，突然想起童年的第一次旅行，突然想起我的父親，他在蘇州，獨居一隅，一輩子沒有踏出過中國的國門。不知道為什麼，我那麼喜歡有軌電車，這份喜愛與環保主義無關，我只是主觀地判定，一個保留著有軌電車的城市，也為我們保留著詩性的城市精神，保留著各種各樣美好的記憶。也許不奇怪，所有美好的事物，不僅浪漫，而且一定是實用的。

這些年去了好多地方，還有別的城市留下了有軌電車，但有的差不多已經是古蹟，有的作為被保護的交通工具在小心地使用，一邊使用一邊展示，而萊比錫的有軌電車仍然豪放地奔馳著，像一匹古典的好戰的駿馬，終日不停地奔波在城市的四周。我幾乎天天坐2路或者16路有軌電車去萊比錫市中心，這是我的一匹駿馬，也是萊比錫給我的一個大禮物。

很巧的是，我今天搭有軌電車去市政廳，在高德福斯女士的辦公室裡，巧遇了她的兩個客人，他們恰好是從有軌電車公司來的。我聽不懂德語，除了寒暄，我不知道如何讚美他們的有軌電車，說它是一匹古典的戰馬，這是事實，不是讚美，於是我想還是從文學著手吧，我不知道萊比錫這個城市的咖啡館裡還有多少浪漫主義詩人，他們是否朗誦他們的作品，但萊比錫的城市上空一直是有詩歌的聲音迴盪的，依我看，今後或者未來，萊比錫的有軌電車，一定會成為這城市最後一個浪漫主義詩人。

之三：托馬斯教堂

我認識的朋友中，有好多古典音樂的發燒友，凡是對古典音樂愛到一定程度的，最後人還在現實中，但呼吸的已經不完全是現實的空氣，他們有另一種空氣供給，依我看來，那供給的管道並不神祕，所有的古典音樂，其實可以看做是一種古典的空氣，實驗室沒有保存下來的東西，音樂保存下來了。

有人面色紅潤得出奇，有人面容憔悴得出奇，並非全部是內分泌和血液循環的原因。呼吸了古典空氣的人，也許他比一般人更嚴肅，也許比一般人更浪漫，這說不定。但這些人，大多自己也成了一本五線譜，說話或者沉默，都有自己的調子和旋律。熱愛古典音樂的人，不是從音樂中尋找安慰和寄託了，是在尋找一種簡潔美好的生活方式，他們尋找的是一片更寬廣更深邃的天空，為了飛翔，或者，不是為了飛翔，恰好是為了靜止。

音樂有可能製造幸福，也有可能製造痛苦，最好的音樂可能往往會忽略人的感受，它有這個權力。人的感受是瞬間性的，是肉體的，因此感受僅僅是感受，偉大的音樂永遠是從肉體出逃，向上，向上，固執而傲慢地向上的。我個人對古典音樂一向是一知半解，古典音樂最初就與宗教密切有關，現在仍然有關，對於某些人尤其是無神論者來說，他們對音樂的愛，本身幾乎也成了一種信仰，我所認識的那幾個朋友，最後都皈依了J. S. BACH。

作家余華說過，他的《許三觀賣血記》的結構是受到了《馬太受難曲》的影響，重複，迴旋和昇華。這話不管是否可信，反正給我印象很深，正如許三觀賣血養家的故事，給人留下了深刻的印象。我很想告訴他的事情也許他早就知道，但我還是要多說一句，《馬太受難曲》，巴哈就是在萊比錫的托馬斯教堂完成的，無論什麼時候，巴赫不會為音樂受難，但是他一直為生活所累，在托馬斯教堂漫長的歲月裡，他奔波於葬禮、主教選舉、唱詩班和教堂，奔波於需要音樂的所有場合，差不多也是賣血為生了。

萊比錫的血液是音樂的血液，這是瓦格納出生的城市，是孟德爾頌指揮布商樂隊的城市，是舒曼和克拉拉一起生活的城市，這已經足夠成為一個古典樂迷嚮往的城市了，偏偏它又是巴赫的城市，何等的光榮，何等的驕傲！巴赫在托馬斯教堂度過了他忙碌一生中最忙碌的時期，教堂邊的學校遺址，曾經是巴赫的孩子們上學的地方，也是他的宿舍所在地，他當年傾心培育的托馬斯教堂男童合唱團，過去有名，現在還有名，過去在教堂演唱，現在不僅在教堂唱，還要到世界各地去演出。無論你是否聽過巴赫，作為知識你都應該知道，巴赫的光輝穿越了時空，是越來越明亮的。

我不是因為巴赫和托馬斯教堂到萊比錫來，但當我離開的時候，我會記住巴赫在這個城市留下的光榮，記住托馬斯教堂的光榮。我的那幾個朋友，或者世界上所有尋訪巴赫足跡的人，他們最終也會來到這裡，一定會來，因為這是巴赫的足跡消失的地方。

巴赫的墓，就在托馬斯教堂。

之四：咖啡康塔塔

儘管這個城市安靜，有點冷清，但托馬斯教堂前面永遠是有客人的，全世界的古典樂迷到了萊比錫，就在導遊圖上尋找那個著名的地標，不懂德語沒關係，很容易找的，城市非常袖珍，所以地圖也複雜不到哪裡去。

我在托馬斯教堂前每次都能看見那些客人，但其中多少人是來瞻仰巴赫的，多少人是來快餐旅遊的，無法統計。有一些手拿數碼相機的人，像我一樣行為可疑，一心要從托馬斯教堂帶走點什麼。巴赫已在墓中，無法和他握手，能帶走的就是塑像的照片了，拍下巴赫的塑像，拍下他著名的大鼻子，回去吻照片吧。

教堂門前巴赫的那座塑像，不知道一天要被多少鏡頭和鎂光騷擾，也不知道，巴赫天上有知，那會是他的光榮，還是他的煩惱？會不會還有一點不安？他會不會向他的崇拜者推心置腹，我的音樂只是音樂，譜曲和指揮是我的事，而那些音樂是否偉大是否神聖，是你們的事。他會不會感嘆，都來晚啦，你們在十八世紀來多好，放一點錢到我的口袋裡，給我的男童合唱團買幾瓶牛奶，最好給我的孩子們每人買一件新衣服。

這裡的朋友告訴我，巴赫的塑像，造型如此生動自然，其實是雕塑家在複述他當時的境遇。他的外套第二顆釦子沒扣，是因為他又要彈管風琴，又要指揮合唱團，一手必須多用，要時常從那裡面掏樂譜出來，不扣衣釦，便省去了解釦子的時間。他的左側口袋倒翻過來，則是一個無言的抗議，事關財政，告訴主教大人，告訴那些仁慈的教堂賑濟人，我要音樂也要吃飯，我已囊空如洗，快給點錢吧。

我相信那朋友對塑像的解釋。所有的偉人，差不多要死後一百年才被發現，而且還要先征服另一個時代的偉人，就像巴赫先征服門德爾松，然後征服世界。以我的看法，巴赫如果現在活著，也應該是這個姿勢，如果他活著，那翻出來的口袋裡，有沒有人放錢？這其實是個疑問。那尊塑像好就好在這兒，說了過去的事，也說了現在的事。

我只是萊比錫的客人，親近萊比錫的一個細節就是親近巴赫，或者說，親近巴赫的一個細節，就是親近萊比錫。如今有一種最實用的親近方式，就是為巴赫的名字消費，托馬斯教堂旁的巴赫咖啡館，每天都有人對著巴赫的塑像，虔誠而崇高地坐在那裡，喝點什麼。我也去喝過了。以前我一直不知道巴赫的「咖啡康塔塔（Kantaten）」是什麼意思，那天與萊比錫的一位朋友相約見面，她說的是彼得斯教堂，不知道為什麼我聽成托馬斯教堂，在雨中很抒情地步行到那兒，雨越下越大，便坐在巴赫咖啡館前，要了一杯普通的咖啡，等那個朋友。電話響了，一聽是我搞錯了，只好將錯就錯，委屈她冒著雨，再騎車趕過來。於是有點內疚，東張西望起來，抬頭看見身邊的招牌上還有一道特殊的咖啡，名字就叫個康塔塔咖啡。然後那位朋友來了，她一來我就問她康塔塔的意思，人家又一說我就恍然大悟了，原來德文中康塔塔是安寧美好的意思。

這是一個多麼圓滿的答案，答案本身也是安寧美好的。

之五：萊比錫火車站

提到萊比錫，萊比錫火車站是一個永遠的話題。我到萊比錫，與當地的人們談到日常生活中的瑣事，總有人用一種「此事好解決」的態度說，去火車站，那裡什麼都有，那裡永遠開著門。

萊比錫的火車站確實很特別。PROMENADEN，在德文中是什麼意思，我問過人，可惜又忘了。也許不需要原意，我願意把這個詞想像成「體貼」。我無意給一個著名的火車站改名，但我每次走進這個火車站裡，沒有旅行前的那種說不清楚的焦慮和急迫，總是感到火車站裡有兩隻手，一隻手在向你揮動，請坐，喝杯咖啡再走，喝杯啤酒再走。另一隻溫暖的手搭在你的行李上，輕輕地拉扯著你，不要急，不要急，急什麼，火車不會走的。

所有的火車都不等人，但萊比錫火車站給人以一個美好的錯覺，火車不會走的，火車會等你的。

一個人留住另一個人，需要一個溫暖的性感的懷抱，一個火車站挽留一個旅客，需要讓他忘記時間，需要一些與旅行無關的事物，來緩解他們的緊張情緒。

這裡其實也是一個巨大的休閒場所，地上地下一共三層，咖啡館，餐廳，小書店，商鋪，超級市場，銀行，什麼都有，按照中國人的休閒觀念，就差一個大浴場了。好多人不趕火車，也去那裡，是去購物，或者吃飯的，逢到星期天了，逢到夜間了，別的地方都關了門，火車站還是燈火通明的，火車站的燈光，有一半是旅行者的，還有一半，屬於無法旅行的人。

歐洲的星期天，人們把一切獻給了教堂，家庭，還有餐桌，還有一些人不上教堂，有一些人沒有家庭，還有一些人不做晚餐，他們在星期天感到尤其孤單，萊比錫火車站把自己獻給了那些孤單的人，我認識的一個中國留學生劉嘉琦對我說，她之所以不捨得離開萊比錫，就是不捨得萊比錫火車站，守著萊比錫，在最孤單的時候，她便有了個去處。

我也很孤單，當然我有排遣孤單的別的方法。萊比錫火車站沒有收留過我的靈魂，但是收留過我的身體，尤其是我的錢包。在萊比錫火車站，我留下了很多消費記錄，以下是我現在想得起來的記錄，請原諒，我想羅列在此。

在O2店買了電話芯卡——我一直用這張卡與此地朋友保持聯繫。

在一家服裝店買了一件襯衣，是我喜歡的某某休閒服品牌，打五折，過幾天覺得自己還少一件薄毛衣，又去，結果人家不打折了，廣告說打折一週就是一週，過期不候，不打折的東西我都覺得貴，所以就不買了。

在菸草鋪買了一盒菸斗菸絲，一方面因為帶的中國菸不夠，要抽菸斗替代，另一方面，因為菸草店鋪的業主頂住全世界反菸草的壓力，每個抽菸的人都應該用實際行動向他們表示敬意。

吃了一次Pizza hut的比薩，還吃了一次別的店裡的比薩，比薩就是比薩，談不上難吃，但是也永遠與美味無關。

看見一家賣中餐的，走近了一看，是越南僑民們做的食物，其實不是中餐，不知道為了什麼，非要命名為中餐，看著他們的大鐵盒裡堆起的食物，為中華美食在萊比錫的前景，感到非常憂慮，也有點忿忿的，心想在德國不能賣假貨，為什麼賣假中餐，就沒人來管一管呢？當然了，這一次，消費未遂。

最解燃眉之急的一次購物是在一個星期天，要去一個朋友家做客，到了火車站換乘電車，突然想起兩手空空，去人家裡不禮貌，星期天別的地方是無物可購的，幸虧我就站在火車站對面，就穿過馬路，跑到火車站裡面，在ROSSMANN店裡買了一瓶紅酒。拿著那瓶酒，一下就安心了。

是一種體貼，這種體貼之所以令人難忘，是因為它來自一個火車站。

多少年來，我幾乎一直在旅行，在我的旅行經驗中，穿越火車站，幾乎像是穿越人類的汗腺，逼仄，擁擠，帶有種種異味，一些慌張的人遇見另一些奔跑的人，是多麼地令人不快。但在萊比錫火車站，一切都被顛覆了，有一種旅行的新秩序在提醒你，慢一點，慢一點，行色匆匆是可恥的，我也是個守秩序的人，所以我總是故意地放慢腳步，告訴自己，旅行，無論你去多遠，都是一次散步而已。

之六：親愛的垃圾

也許德國的城市都是很乾淨的，我一九九三年第一次到德國，是在柏林，參加一個文學節，和劉震雲、張懿翎一起住在一個公寓套房裡。街道的名字我還記得，翻譯成中文是叫田園街。每天我們三個人早晨就出門，夜裡才回來，觀察到的街景不是太早，就是太晚。早晨的街道很濕潤，泛著幽微的藍光，路上點綴著星星點點的狗糞。夜裡，街道在路燈的照耀下，看起來同樣是發藍的，但是狗糞，不知是被清理了，還是被夜色淹沒了，看不見了。狗糞並不是那麼令人討厭的東西，如果不去與柏林的狗計較，柏林留給我的印象，仍然可以說是乾淨的。

後來聽德國朋友說，你去的恰好是柏林，所有的狗都要排泄，但在德國，不是所有的狗主人都讓牠們把糞便留在街上的。

突然談起狗糞問題，有點滑稽，我並不是思念狗糞，但我在萊比錫這些日子，除了那天和幾個朋友去附近森林裡散步，在林間小徑上差一點踩到一腳，幾乎沒見過狗糞。當然，我不是專業的狗糞視察員，走路不會盯著腳底下，但是在萊比錫，無論是狗糞還是別的什麼，垃圾，確實是被人們精心地收起來了。

我到萊比錫的第一天，負責接待我的Marit Schulz女士鄭重其事地交給我一張磁卡，與銀行無關，與交通購物都無關，是倒未分類的垃圾用的，可見這是她心目中的一件最重要的事。我難以想像垃圾和磁卡的關係，不知道垃圾箱上也安裝了先進的電子設備，第二天，提著一袋垃圾跑到樓下，發現兩排垃圾箱分成古典派和現代派，帶電子鎖的和開放式的，很莊嚴地迎候著我。我正對著垃圾箱緊張地觀察的時候，旁邊有個女鄰居，說著德語就上來教我用磁卡，我聽不懂，但她熱情的手勢我是懂的，說起來慚愧，我四十多歲了，還要別人手把手，學習如何倒垃圾。

在萊比錫見不到垃圾堆，城市裡到處都在修建地鐵工程，施工工地很多，也見不到建築垃圾。看起來這裡的人們對垃圾的態度，不是太仁慈，就是太嚴厲了，他們把所有的垃圾都送到垃圾自己的家——垃圾箱，或者垃圾填埋場，絕不讓垃圾們展示自己的容顏。有一次我和Gabriele Goldfus女士驅車從萊比錫郊外經過，路過一座綠色的小山包，發現這風景來得突兀，便向這座從平地上無端隆起的小山包多看了一眼，她沒等我問什麼，就告訴我了，那小山包其實是個垃圾填埋場，只是被綠化了。

人，死得其所，墓地上應該有松樹柏樹，有菊花，垃圾也死得其所，把它們埋好了，種一些小樹和小草，不僅僅是為了美觀，也來紀念它們曾經為人類做出的貢獻，這是公平的。

人的命運思考起來有難度，便擱置在一邊，我竟然思考起垃圾的命運來，有點搞笑。環保主義者的說法是正確的，地球並不很大，垃圾的未來，也事關人的未來。同樣是很突然地想起在國內看過一則電視報導，說是有不法商船，把海外哪個先進國家的垃圾運到了中國的港口，從兩邊都獲得報酬，電視鏡頭掃到之處，看見的是一堆沾滿油污的餐盒，屬於紙製品，是分過類的。那些將垃圾精心分類的好公民，也許完全不知道，他們分好的一部分垃圾，竟然坐上遠洋船出海旅行去了。

那則電視報導後來被別的更重要的報導淹沒了，沒有後續。我到現在也不知道是從哪兒來的洋垃圾，要往哪一個中國的工廠運。從現代工業的技術角度上看，這事也許不值得大驚小怪，好多東西都是利用垃圾回收再生產的，這與尊嚴榮譽無關，只與生產成本有關，我的困惑在於我懂得這其中的商業奧祕，為什麼還是對這件事耿耿於懷？我不批評那些隱祕的發垃圾財的人，更不該批評垃圾，我只是感嘆垃圾也加入了全球化的洪流，而且我依稀聽見垃圾在遠洋船上的歌聲，從西向東，進行曲曲調，唱的是全球化的主旋律。

親愛的萊比錫的垃圾啊，我知道，你們是無辜的，你們一定不在那艘船上。

之七：萊比錫製造

「萊比錫製造」，是一個畫家群的作品展覽，我在好多辦公室裡看到這個展覽的宣傳冊，封面作品的畫面是一個抽象而模糊的加油站，一個模糊的疑似加油工的人影。很有趣的是，這個展覽的內容多少也有點模糊，因為製造地點和展覽地點不同，展覽地點，不在萊比錫，在幾十公里之外的另一個小城市Torgau。

我們去Torgau是市政府的一個女司機開車，開車說話，都很豪邁，離開萊比錫的時候，天正下雨，一路上，雨漸漸地變小，到了目的地，天竟然放晴了。在德國，到處都有這樣很幽靜很美麗的小城，我們抵達的時候，Torgau的石板路上還留著雨的痕跡，空氣中有莫名的草香，因此顯得特別清新動人，小城沒有多少行人，來的人應該都是旅遊者，這裡是馬丁・路德長期生活過的地方，馬丁・路德的妻子，就安葬在Torgau的瑪麗亞教堂裡。

人們都崇尚古蹟，文學、音樂、繪畫也一樣，人們信任過去的，懷疑現在的，對於好多當代藝術家來說，活著，是他們唯一的缺憾。

去「萊比錫製造」的展覽廳，我們是唯一的客人，因為是唯一的，便有了很多自由，我們就在展廳裡討論藝術，毫無拘束。我們幾個人中，有一個是學藝術史的女博士，女博士不隨便發表議論，倒是我，自己給了自己機會，隨便地發表評論，也許我完全不懂繪畫，也許我懂一點繪畫，這不重要，重要的是描述自己的感受，我一直認為，當你站在一幅畫作面前，當你感受很強烈的時候，你應該說出來，我喜歡。或者說，我很喜歡。

所以我看到Tilo baumgartel的作品時就說了，我很喜歡。說起來，我喜歡一幅畫作的標準，其實不是繪畫標準，是文學標準，當我從畫面上捕捉到一個好的故事，而且這故事有精采的隱喻和暗喻，我喜歡，這句自以為是的話就脫口而出了。

Tilo baumgartel是個喜歡說故事的人，我沒細緻地考察他的繪畫材料，是用炭筆還是別的什麼，他對色彩很警惕的樣子，迷信黑與白，展覽上有他的兩幅作品，都省略了色彩，一幅是一群動物在起居室裡的休閒生活，令人印象深刻的是，其中一隻貓，裝模作樣地從書架上拿起了一本書，這當然是一個批判性的精妙構思，巨大的隱喻在畫面裡潛藏，調侃或者諷刺，針對的不是動物，是人類的精神生活。

他的另一幅作品，畫面抽象一些，是一個人面對一堵光怪陸離的牆，人的背影是一個思考者的背影，也許是在思考如何突破，也許是在思考如何逃避，而那牆給人以豐富的聯想，聯想到時間，社會，他人和自我，或者乾脆就是整個世界。按照我一貫自以為是的讀解方法，我用文學的標準給其他藝術門類歸類，我覺得Tilo baumgartel是關注重大命題的，有一些畫家用畫筆寫散文，寫詩歌，寫紀實文學，但Tilo baumgartel的作品更有野心，很明顯，他是個寫長篇小說的畫家，而且寫的是嚴峻的現實主義的長篇小說。

文字生涯

第二輯

閱讀

很早以前，我讀書幾乎是不加選擇的，或者是一部名著，或者是一部書的書名優美生動吸引我，隨手拈來，放在床邊，以備夜讀所用。用這種方式我讀到了許多文學精品，也讀了一些三、四流的甚至不入流的作品。也有一些特殊情況，對某幾部名著我無法進入真正的閱讀狀態。譬如麥爾維爾的巨著《白鯨》幾乎所有歐美作家都備加推崇，認為是習作者所必讀，但我把《白鯨》啃了兩個月，終因其枯燥乏味，半途而廢，悻悻然還給了圖書館。那是好幾年前的事了。我以後再沒有重讀《白鯨》。如果現在重讀此書，不知我是否會喜歡。但不管怎樣，我不敢否認《白鯨》和麥爾維爾的偉大價值。

令人愉悅的閱讀每年都會出現幾次。

給我印象最深的一次是讀沙林傑的《麥田捕手》。那時我在北師大求學，一位好友向我推薦並把書借給我。我只花了一天工夫就看完了。我記得看完最後一頁的時候教室裡已經空空盪盪，校工在走廊裡經過，把燈一盞盞地拉滅。我走出教室，內心也是一片憂傷的黑暗。我想像那個美國男孩在城市裡的遊歷，我想像我也有個「老菲苾」一樣的小妹妹，我可以跟她開玩笑，也可以向她傾訴我的煩惱。

那段時間，沙林傑是我最痴迷的作家。我把能覓到的他的所有作品都讀了。我無法解釋我對他的這一份鍾愛，也許是那種青春啟迪和自由舒暢的語感深深地感染了我。我因此把《麥田捕手》作為一種文學精品的模式，這種模式有悖於學院式的模式類型，它對我的影響也區別於我當時閱讀的《靜靜的頓河》，它直接滲入我的心靈和精神，而不是被經典所薰陶。

直到現在我還無法完全擺脫沙林傑的陰影。我的一些短篇小說中可以看見這種柔弱的水一樣的風格和語言。今天的文壇是爭相破壞偶像的時代，人們普遍認為沙林傑是淺薄的誤人子弟的二流作家，這使我心酸。我希望別人不要當我的面鄙視他。我珍惜沙林傑給我的第一線光輝。這是人之常情。誰也不應該把一張用破了的錢幣撕碎，至少我不這麼幹。

現在說一說波赫士。大概是一九八四年，我在北師大圖書館的新書卡片盒裡翻到《博爾赫斯短篇小說集》，我借了出來，從而深深陷入波赫士的迷宮和陷阱裡。一種特殊的立體幾何般的小說思維，一種簡單而優雅的敘述語言，一種黑洞式的深邃無際的藝術魅力。坦率地說，我不能理解波赫士，但我感覺到了波赫士。我為此迷惑。我無法忘記波赫士對我的衝擊。幾年以後我在編輯部收到一位陌生的四川詩人開愚的一篇散文，題名叫〈博爾赫斯的光明〉。散文記敘了一個波赫士迷為他的朋友買書寄書的小故事，並描述了波赫士的死給他們帶來的哀傷。我非常喜歡那篇散文，也許它替我寄託了對波赫士的一片深情。雖然我沒能夠把那篇文章發表出來，但我同開愚一樣相信波赫士給我們帶來了光明，他照亮了一片幽暗的未曾開拓的文學空間，啟發了一批心有靈犀的青年作家，使他們得以一顯身手。

閱讀是一件美好的事情。在閱讀中你的興奮點往往會被觸發，那就給你帶來了愉悅。那種進入作品的感覺是令人心曠神怡的。往往出現這樣的情形：對於一部你喜歡的書，你會記得某些極瑣碎的細節，拗口的人名、地名，一個小小的場景，幾句人物的對話，甚至書中寫到的花與植物的名稱，女孩裙子的顏色，房間裡的擺設和氣味。

兩年前我讀了楚門・卡波提的《第凡內早餐》，我至今記得霍莉小姐不帶公寓鑰匙亂撳鄰居門鈴的情節，記得她的鄉下口音和一隻方形籐籃。

有一個炎熱的夏天，我鑽在蚊帳裡讀《赫索格》，我至今記得赫索格曾在窗外偷窺他妻子的情人，一個瘸子，他在浴室裡給赫索格的小女孩洗澡。他的動作溫柔目光慈愛，赫索格因此心如刀絞。在索爾．貝婁的另一部作品《洪堡的禮物》中，我知道了矩形床墊和許許多多美國式的下流話。

卡森．麥卡勒斯的《傷心咖啡館之歌》我讀過兩遍。第一遍是高中時候，我用零花錢買了生平第一本有價值的文學書籍，上海譯文出版社的《當代美國短篇小說集》。通過這本書我初識美國文學，也初讀《傷心咖啡館之歌》。當時覺得小說中的人物太奇怪，不懂其中三昧。到後來重讀此篇時，我不禁要說，什麼叫人物，什麼叫氛圍，什麼叫底蘊和內涵，去讀一讀《傷心咖啡館之歌》就明白了。

閱讀確實是一件美好的事情。

讀納博科夫

我所喜愛和欽佩的美國作家可以開出一個長長的名單，海明威、福克納自不必說，有的作家我只看到很少的譯作，從此就不能相忘，譬如約翰・巴思、菲利普・羅斯、羅伯特・庫佛、諾曼・梅勒、楚門・卡波提、厄普代克等，納博科夫現在也是其中一個了。

讀到的納博科夫的頭一部中篇是《黑暗中的笑聲》，好像那還是他在蘇聯時候寫的，沒有留下什麼特別出色的印象，作品似乎與一般的俄羅斯作品沒有多少差別，師承的也許是契訶夫、普寧，寫一個在電影院引座的姑娘的愛情故事。我現在一點也想不出其中的什麼細節了，也許是我不太喜歡的原因，我一向不太喜歡那種舊俄風格的小說。

後來讀到過納博科夫的《幽冥的火》的選譯，發現納博科夫的晦澀高深顯然超過了巴思和巴塞爾姆這些後現代作家。小說中有一個叫金波特的教授，行為古怪乖僻、言辭莫名其妙、思想庸常猥瑣，好像就是這樣，我所捕捉到的人物形象就是這樣，因為看的是選譯，不能目睹全書風采，但至少《幽冥的火》讓我感覺到了納博科夫作為偉大作家的分量。不光是他的奇異的結構和敘述方式，他透露在書中的睿智而又鋒芒畢露的氣質也讓人頓生崇敬之心。

今年讀到了《洛麗塔》，不知此本與其他版本相比翻譯質量如何，反正我是一口氣把書讀完的，因為我讀到的頭幾句話就讓我著迷。我喜歡這種漂亮而簡潔的語言：

洛麗塔，我生命之光，我欲念之光。我的罪惡，我的靈魂。洛—麗—塔：舌尖向上，分三步，從上顎往下輕輕落在牙齒上。洛。麗。塔。

洛麗塔這個女孩的形象並不陌生，不知怎麼我會把她與卡波提《第凡內早餐》裡的可愛的小妓女相聯繫。都是活潑、可愛、充滿青春活力的少女，這種少女到了作家筆下，往往生活在充滿罪惡色彩的氛圍裡，她越是可愛越是能誘惑人，其命運的悲劇色彩就越加濃厚。那個小妓女如此，洛麗塔也是如此，只不過洛麗塔還年幼，只有十二歲，她被控制在繼父亨伯特的欲望之繩下，因而她的命運更加酸楚動人，別具意味。

重要的是亨伯特，洛麗塔的繼父和情人。這個形象使《洛麗塔》成為了世界名著。

我想納博科夫寫此書是因為他對亨伯特發生了興趣，《洛麗塔》的寫作依據就是亨伯特的生活的內心依據。那麼，亨伯特是什麼？是一個年輕的中產階級的紳士？是一個亂倫的霸占幼女的父親？還是一個嫉妒的為戀情而殺人的凶手？我想都不是，亨伯特是一種欲望，是一種夢想，是一種生命，是一種苦難，也是一種快樂的化身，唯獨不是概念和規則的象徵。

從心理學的角度去分析亨伯特與洛麗塔的「父女」之戀是沒有什麼意義的。況且這是小說，不是病例。我覺得納博科夫寫的不是典型的亂倫故事，而是一種感人至深如泣如訴的人生磨難，亂倫只是誘惑讀者的框架。再也沒有比亨伯特的罪惡更熾熱動人的罪惡了，再也沒有比亨伯特的心靈更絕望悲觀的心靈了，再也沒有比亨伯特的生活更緊張瘋狂的生活了，亨伯特帶著洛麗塔逃離現實，逃離道德，逃離一切，憑藉他唯一的需要——十二歲的情人洛麗塔，在精神的領域裡漂泊流浪，這是小說的關節，也是小說的最魅人處。

亨伯特說：「我現在不是，從來也不是，將來也不可能是惡棍，我偷行過的那個溫和朦朧的境地是詩人的遺產——不是地獄。」

亨伯特不是眾多小說中刻畫的社會的叛逆者，不是那種叛逆的力士形象。這與他的行為帶有隱私和罪惡色彩有關。因此我說亨伯特只是一個精神至上的個人主義者形象。這種形象是獨立的個性化的，只要寫好了永遠不會與其他作品重複，所以，在我讀過的許多美國當代作家作品中，亨伯特是唯一的。他從汽車旅館的窗口探出頭來時，我們應該向他揮手，說一聲：亨伯特，你好！

作為一個學習寫作的文學信徒，我所敬畏的納博科夫出神入化的語言才能。準確、細緻的細節描繪，複雜熱烈的情感流動，通篇的感覺始終是灼熱而迷人，從未有斷裂游離之感，我想一名作家的書從頭至尾這樣飽滿和諧可見真正的火候與功力。當我讀到這樣的細節描繪總是拍案叫絕：

離我和我燃燒的生命不到六英寸遠就是模糊的洛麗塔！……她突然坐了起來，喘息不止，用不正常的快速度嘟噥了什麼船的事，使勁拉了拉床單，又重新陷進她豐富、曖昧、年輕的無知無覺狀態……她隨即從我擁抱的陰影中解脫出去，這動作是不自覺的、不粗暴的，不帶任何感情好惡，但是帶著一個孩子渴望休息的灰暗哀傷的低吟。一切又恢復原狀：洛麗塔蜷曲的脊背朝向亨伯特，亨伯特頭枕手上，因欲念和消化不良而火燒火燎……

事實上《洛麗塔》就是以這樣的細部描寫吸引了我。亂倫和誘姦是猥褻而骯髒的，而一部出色的關於亂倫和誘姦的小說竟然是高貴而迷人的，這是納博科夫作為一名優秀作家的光榮。他重新構建了世界，世界便消融在他的幻想中，這有多麼美好。

納博科夫說：「我的人物是划船的奴隸。」有了十二歲的女孩洛麗塔，就有了亨伯特。有了洛麗塔和亨伯特就有了《洛麗塔》這本巨著。

我們沒有洛麗塔，沒有亨伯特，我們擁有的是納博科夫，那麼，我們從他那兒還能得到些什麼？

約翰・丹佛

有一位鄉村歌手名叫約翰・丹佛，約翰・丹佛有一首歌名叫〈鄉村小路〉，鄉村歌曲的行家很少有推崇這個人和這首歌的，但很長一段時間以來，談及鄉村歌曲，我腦子裡想起的就是這個人和這首歌。

其實一切只是和青春期或者記憶有關。我求學期間約翰・丹佛風靡大學校園，會說幾句英語而又喜歡唱歌的青年不約而同地學會了這首歌，幾乎所有的晚會上都有個男孩懷抱吉他站在台上，或者老練或者拘謹地彈唱這首歌。而我作為一個極其忠實的聽眾張大嘴伸長耳朵站在人群中，一邊聽著歌一邊渾身顫抖，在歌聲中我想像著美利堅的一座高山，美利堅的一條河流，美利堅的一個騎馬高歌的漂泊者，當那句高亢的「鄉間小路帶我回家」乍然響起時，我的年輕的身體幾乎像得了瘧疾似的打起擺子來了。我的每一根神經都被這一首歌感動得融化了。

當你二十歲的時候，一條不存在的鄉間小路不僅可以把你帶回家，甚至也可以帶你去天堂。

我不知道當年那份感動是否合理，不知道一支與己無關的歌為什麼令我渾身顫抖，也許一切僅僅因為年輕，也許青春期就是一個容易顫抖的年齡。時光機器當然是在不停洗滌我們身上青春的痕跡，你年輕時喜歡的歌在勞碌發福的中年生活中不知不覺成了絕唱，而你並無一絲懷念。有一次我偶爾翻出約翰‧丹佛的磁帶，所謂的懷舊心情使我把它放進了收錄機的卡座，但我聽見的只是一種刺耳的失真的人聲，我曾迷戀過的那位歌手用卡通人物的配音為我重溫舊夢，不禁使我悵然若失。我有一種心疼的感覺，突然發現許多東西已經失效，歌聲、記憶，甚至作為青春期的一份證明，它們不僅是失效了，而且還破碎了。

步入中年的人們當然是對青春期揮手告別過的，他們絕對不會說某一支歌某一個歌手欺騙過他，但他們的臉上有一種謹防上當的成熟的表情，他們寬容地聽著這個歌手那個歌手動情的歌聲，假如約翰‧丹佛唱道：鄉間小路帶我回家，他們也許跟著會哼一句，但他們已經懂得鄉間小路不能帶他回家，帶他回家的不是火車就是汽車，不是汽車就是飛機。

我不是個容易傷感的人，但我是個膽小的人，有時候我陷入這種無以名狀的恐懼中，譬如這一次，譬如這次面對一盒被時光毀壞的磁帶時，我想以後還有誰的歌聲能讓我顫抖呢？假如我再也不會顫抖那該怎麼辦呢？開個不雅的玩笑，對於一個人來說，僅僅能在床上顫抖是不夠的呀！

如果想讓一個人的聲音無限地高亢、明亮、優美，靠一個原始的未經雕琢的嗓子，或者給一個八歲的男孩去勢，不讓他發育，不讓他的嗓音變質——幾個世紀前的義大利人就是這樣做的，他們追求藝術的至真至美一向有一種瘋狂的勁頭，於是人類音樂殿堂中唱詩班男童和費里尼利各占一側，我們聽到了所謂的天籟在一個成年人身上得以延續的奇蹟。

曾經看過一個關於費里尼利的電影，其中令人最難忘懷的是費里尼利的哥哥親手閹割了弟弟，從此跟著弟弟混吃混玩，飛黃騰達，而費里尼利則一如既往地愛著他哥哥。除卻劇情，讓我疑惑的是伴隨全劇的費里尼利的歌聲，那似乎不可能是他的原聲，那麼是誰在為他配唱呢，配唱人的聲音應該不遜於真正的費里尼利，但我幾乎可以斷定那是個女性，一個當今世界的卓越的女歌唱家。

想想這真是亂了套，既然女性的歌聲同樣迎合了人們對天籟的要求，當初是何苦來著呢？

可人類藝術就是經歷了這些誤解、曲折走到了今天，並且在誤解與曲折中創造了

美聲唱法、信天游和鐐銬

藝術的輝煌，就像費里尼利，就像巴洛克藝術、洛可可藝術和哥德式建築。如今的人們崇尚自然反對雕琢，但是面對費里尼利面對科隆大教堂時他們被震驚了，他們不得不承認有的藝術與自然唱了反調，卻仍然偉大，崇尚自然這個放之四海皆準的藝術理念竟然變成了一個似是而非的調門。一些熱中於總結藝術規律的人在這種時候就遇到了難題。

被現代文明餵養的人們致力於發展人類藝術遺產，但同時孜孜不倦地矯正和清除了藝術中違反人性的部分，包括閹人的歌唱。以美聲唱法為例，這個世紀的代表人物是史帝法諾、帕華洛帝、舒娃茲柯芙、瑪麗亞・卡拉斯，他們是儀表堂堂的正常男子和美麗動人的正常女子，我們這個時代再也不會為了獲得一種歌聲而去製造新一代的費里尼利，因為我們相信帕氏的高音是人類最高亢的聲音，對於歌聲人們已不再有什麼狂熱的奢求。

但是我們必須承認有一部分藝術也被我們永遠釘進了棺材之中，就像義大利人再也不能在集市上聽到費里尼利的歌聲，就像沉穩實幹的德國人無論如何努力，再也不能複製新的科隆大教堂。這是崇尚自然的現代人自己做出的選擇，或許誰也沒想到，追求藝術的真諦有時恰好是在毀滅藝術。人們並不自知，只是在偶爾的回首之時，看見自己的身後隆起了一座座藝術之墳。

前不久在雜誌上讀到一個作家談及文學和舞蹈的文字，大意是反對在創作中戴鐐銬跳舞，認為現代舞健康舒展而芭蕾病態等等。這不是個謬論，因為在某種創作境界的闡述上它完全正確，但是我意識到在涉及文學藝術的本質時它的指向有點似是而非。不知怎麼就想到了信天游，想到陝西的一個民間歌唱家在唱信天游的時候，有專家在一邊旁聽，結果宣布他的聲音之高度超過了帕華洛帝的高音。不必將西洋歌劇和信天游做出井水不犯河水的鑑別，信天游的歌聲通常被認為是未經雕琢的自然的民間藝術，但是當我們同時或者分別靜聽信天游的高音和帕華洛帝的高音時，我們可能會驚訝地發現這兩種高音同樣是純技巧的、不自然的聲音，判斷前者的高音渾然天成與讚美後者自然舒展一樣都顯得口是心非。更加令人驚訝的是在這個令人擔憂的高音上，信天游歌手的拚命一搏加深了信天游天生的悲愴，而帕華洛帝明顯的美聲技巧使歌劇華美的氣氛也達到了高潮。

有一種事實人們不容易看清：藝術產生的過程天生不是一個追求自然的過程，因此藝術中的鐐銬其實是藝術的一部分，就像美聲唱法的發聲方法，它對胸腔、喉頭、鼻腔的控制與運用其實接近於科學，而不是人們通常所說的想唱就唱的自然境界。而所有著名的男高音女高音在演唱會上常常大汗淋漓，細心的人會發現他們的喉頭像一隻被猛獸追趕的野兔，疲於奔命，而他們的胸腔就像埋藏了一顆炸彈，導火線正在燃燒。奇妙的是當你閉上眼睛時令人不快的視覺消失了，你聽見的是美妙的高亢的不可思議的歌聲，你聽見的還有那聲音中的鐐銬也在發出美妙的和聲。這時候我們可能會想到美聲唱法是什麼，美聲唱法就是修飾每一個聲音，讓它們比人類天然的聲音更加明亮更加優美。

信天游的本義不在此，人們知道的信天游是陝北的牧羊人趕著羊群在荒山野嶺中向女性索取愛情的產物。信天游不求登堂入室，相比較於西洋歌劇，它是風馬牛不相及的直抒胸臆的民間藝術，人們認為它樸素、自由、奔放，人們認為原汁原味的信天游應該有一種聲嘶力竭的悲愴和熱情，應該有黃土高原的泥土氣息。但人們卻沒意識到一代代的牧羊人重複的其實是祖輩留下的腔調，唱信天游的牧羊人不知道自己的歌聲最終能傳到何方，所以他努力地一聲高一聲低地唱著，不顧歌聲是否動聽。最後當我們這些處在黃土高原以外的人也熟知了信天游，並且知道信天游應該如何哼唱的時候，信天游便成為了一種藝術。它不再是自由的了，我們根據什麼來分辨青海的花兒和信天游呢？我們依靠的就是對「原汁原味」的了解。

人們難以接受這樣的說法：原汁原味是藝術的鐐銬，但是藝術之所以成為藝術，必不可少的恰好就是這副鐐銬。我們讓人類的思想自由高飛，卻不能想當然地為藝術打開這副鐐銬。藝術的鐐銬其實是用自身的精華錘鍊的，因此它不是什麼刑具。我們應該看到自由可與鐐銬同在，藝術的神妙就在於它戴著鐐銬可以盡情地飛翔。

聶魯達的這部歌唱勞動者的詩篇是幾乎整個世界的詩歌愛好者的必讀課。年輕浪漫的心、正直樸素的靈魂總是會附和這種熱烈多情的歌唱，從而在心靈深處留下不可磨滅的印象。

我見過的森林是在西雙版納，汽車從景洪向中緬邊境奔駛，途中要穿越大片的一望無際的熱帶森林。我記得那些森林呈現出一種近乎發黑的綠色，那大概是因為百年老樹完全遮擋了陽光，陽光在這樣的森林裡徒勞無功，失去了它美麗的功效，失去了光的層次，因此我的印象中熱帶森林是黑色的、潮濕的。

我沒去過中國北部的大興安嶺，只是在一些電影或者畫報上見到了那些寒帶森林的照片。照片應該是被攝影師美化過的設計過的，但不知為什麼我固執地認為我沒見過的大興安嶺的森林才是詩歌中歌唱的那種森林，才是聶魯達為之歌唱的森林。

寒帶的森林在美感上是得天獨厚的，因為山嶺起伏森林也起伏著，因為生長氣候四季分明森林的色彩也隨季節變幻著，因為松柏類樹木天生的雄性氣概森林也顯得剛正不阿、威風凜凜，更因為冬天大雪，滿山大樹銀裝素裹，那裡的森林便成為一個美妙而潔淨的童話世界。當伐木工人踩雪上山，當他們手中的油鋸響起來的時候，我們聽見了勞動的聲音，也聽見了一類詩歌高亢的節奏。

我是在闡述森林與詩歌的關係嗎？好像是好像又不是。我生活在距離森林千里之遙的東部城市，只能從家中的水曲柳家具上聞一下已經模糊不清的森林的氣息。但是我還是固執地說，我熱愛森林，並且熱愛著在詩歌中伐木的那些伐木工人。假如這樣的說法有點矯情，那不是我的錯，是聶魯達的錯，或者說是詩歌的錯。

現在不得不說到生態平衡、保護森林這種拾人牙慧的字眼了。稍有良知的人對此不可能有絲毫的懷疑。長江、嫩江近年的洪水與周邊森林濫砍濫伐有關，這是眾所周知的事實，大興安嶺森林停止砍伐，這是關於森林保護的最新信息。我要說的是當我看見電視裡一個新聞記者手握話筒採訪一個伐木工人，讓他談談扔下油鋸以後的打算時，我清晰地看見那個伐木工迷茫的表情，然後他說，不伐樹了，以後就種樹了。

就在那個瞬間，我覺得想像中的某種勞動的聲音戛然而止了，某種詩歌的聲音突然喑啞了，聶魯達在遙遠的智利真的死去了。我覺得世界是現實的，講究理性和科學的，許多對勞動的讚美其實一廂情願。我突然意識到世界上有一些勞動天生是錯誤的，就像許多詩歌無論如何優美動聽，它不是真理。我不得不清醒地認識到一個時代有一個時代的森林之歌，以後關於森林的想像將不再是伐木和喊樹的聲音。在一個全世界植樹的年代，聶魯達不得不去世，我們假如還要歌唱森林，必須要呼喚一個歌唱植樹的詩人。

這是新的森林的詩篇。伐木者醒來！伐木者醒來了，醒來後他們就帶著油鋸下山了。這是由熱烈奔放變得冷峻合理的森林的詩篇：伐木者醒來！大家扔下斧子油鋸，回家去吧。至於我們這些通過聶魯達愛上森林的人，你是否要背誦這些新的詩篇，自己看著辦吧。

一

種種跡象表明：我們的文學逐漸步入了藝術的殿堂。今天我們看到為數不少的具有真正藝術精神的作家和作品湧現出來。這是一點資本，我們不妨利用這一點資本來談談一些文學內部和外層的問題。不求奢侈，不要過激。既然把文學的種種前途和困境作為藝術問題來討論，一切都可以做得心平氣和，每一種發言都是表現，這就像街頭樂師們的音樂，每個樂師的演奏互相聯繫又相對獨立，但是你看他們的態度都是寧靜而認真的。

二

形式感的蒼白曾經使中國文學呈現出呆傻僵硬的面目，這幾乎是一種無知的悲劇，實際上一名好作家一部好作品的誕生在很大程度上有賴於形式感的成立。現在形式感已經在一代作家頭腦中覺醒，馬原和莫言是兩個比較突出的例證。

一個好作家對於小說處理應有強烈的自主意識，他希望在小說的每一處打上他的

想到什麼說什麼

某種特殊的烙印，用自己摸索的方法和方式組織每一個細節每一句對話，然後他按照自己的審美態度把小說這座房子構建起來。這一切需要孤獨者的勇氣和智慧。作家孤獨而自傲地坐在他蓋的房子裡，而讀者懷著好奇心在房子外面圍觀，我想這就是一種藝術效果，它通過間離達到了進入（吸引）的目的。

形式感是具有生命活力的，就像一種植物，有著枯盛衰榮的生存意義。形式感一旦被作家創建起來也就成了矛盾體，它作為個體既具有別人無法替代的優勢又有一種潛在的危機。這種危機來源於讀者的逆反心理和喜新厭舊的本能，一名作家要保存永久的魅力似乎很難。是不是存在著一種對自身的不斷超越和昇華？是不是需要你提供某個具有說服力的精神實體，然後你才成為形式感的化身？在世界範圍內有不少例子。

波赫士——迷宮風格——智慧的哲學和虛擬的現實；

海明威——簡潔明快——生存加死亡加人性加戰爭的困惑；

紀德——敏感細膩——壓抑的苦悶和流浪的精神孤兒；

昆德拉——叛逆主題——東歐的反抗與逃避形象的化身。

有位評論家說，一個好作家的功績在於他給文學貢獻了某種語言。換句話說一個好作家的功績也在於提供永恆意義的形式感。重要的是你要把你自己和形式感合二為一，就像兩個氫原子一個氧原子合二為一，成為我們大家的水，這是艱難的，這是藝術的神聖目的。

三

小說應該具備某種境界，或者是樸素空靈，或者是詭譎深奧，或者是人性意義上的，或者是哲學意義上的，它們無所謂高低，它們都支撐小說的靈魂。

實際上我們讀到的好多小說沒有境界，或者說只有一個虛假的實用性外殼，這是因為作者的靈魂不參與創作過程，他的作品跟他的心靈毫無關係，這又是創作的一個悲劇。

特殊的人生經歷和豐富敏銳的人的天資往往能造就一名好作家，造就他精妙充實的境界。

我讀史鐵生的作品總是感受到他的靈魂之光。也許這是他皈依命運和宗教的造化，其作品寧靜淡泊，非常節制鬆弛，在漫不經心的敘述中積聚藝術力量，我想他是樸素的。我讀余華的小說亦能感覺到他的敏感他的耽於幻想，他藉凶殘補償了溫柔，藉非理性補償了理性，做得很巧妙很機警，我認為他有一種詭譎的境界。

小說是靈魂的逆光，你把靈魂的一部分注入作品從而使它有了你的血肉，也就有了藝術的高度。這牽扯到兩個問題，其一，作家需要審視自己真實的靈魂狀態，要首先塑造你自己。其二，真誠的力量無比巨大，真誠的意義在這裡不僅是矯枉過正，還在於摒棄矯揉造作、搖尾乞憐、譁眾取寵、見風使舵的創作風氣。不要隔靴搔癢，不要脫了褲子放屁，也不要把真誠當狗皮膏藥賣，我想真誠應該是一種生存的態度，尤其對於作家來說。

四

詩歌界有一種說法叫Pass北島，它來自於詩歌新生代崛起後的喉嚨，小說界未聽過類似的口號，也許是小說界至今未產生像北島那樣具有深遠影響的精神領袖。我不知道這種說法是好是壞，Pass這詞的意義不是打倒，而是讓其通過的意思，我想它顯示出某種積極進取的傾向。

小說界Pass誰？小說界情況不同，無人提出這種氣壯如牛的口號，這是由於我們的小說從來沒有建立起藝術規範和秩序（需要說明的是藝術規範和秩序與百花齊放百家爭鳴沒有對應關係）。小說家的隊伍一直是雜亂無章的，存在著種種差異。這表現在作家文化修養藝術素質和創作面貌諸方面，但是各人頭上一方天卻是事實。同樣的，我也無法判斷這種狀況是好是壞。

實際上我們很少感覺到來自同胞作家的壓力。誰在我們的路上設置了障礙？誰在我們頭上投下了陰影？那就是這個時代所匱乏的古典風範或者精神探求者的成功，那是好多錯誤的經驗陷入於泥坑的結果。我們受到了美國當代文學、歐洲文學、拉美文學的衝擊和壓迫，迷惘和盲從的情緒籠罩著這一代作家。你總得反抗，你要什麼樣的武器？國粹不是武器，吃裡扒外也不是武器，老莊、禪宗、「文革」、「改革」，你可以去寫可以獲得轟轟烈烈的效果，但它也不是你的武器。有人在說我們靠什麼走向世界？誰也無法指點迷津，這種問題還是不要多想為好，作家的責任是把你自己先建立起來，你要磨出你的金鑰匙交給世界，然後你才成為一種真正的典範，這才是具有永恆意義的。

五

有一種思維是小說外走向小說內，觸類旁通然後由表及裡，進入文學最深處。具有這種思維的大凡屬於學者型作家。

我們似乎習慣於一種單一的藝術思維，恐怕把自己甩到文學以外，這使作家的經驗受到種種限制，也使作家的形象在社會上相對封閉。在國外有許多勇敢的叛逆者形象，譬如美國詩人金斯堡六〇年代風靡美國的巡迴演講和作品朗誦；譬如作家楚門・卡波提和諾曼・梅勒，他們的優秀作品《冷血》、《劊子手之歌》、《談談五位女神之子》中的非小說的文字，他們甚至在電視裡開闢了長期的專欄節目，與觀眾探討文學的和非文學的問題。可以把這種意識稱為有效的越位。它潛伏著對意識形態進行統治的欲望（至少是施加影響），它使作家的形象強大而完整，也使文學的自信心在某種程度上得到加強。

我想沒有生氣的文壇首先是沒有生氣的作家造成的，沒有權利的作家是你不去爭取造成的。其他原因當然有，但那卻構不成災難，災難來自我們自己枯萎的心態。

鏡子與自傳

一個人寫自傳，就好像在自己的桌前豎起了一面鏡子，但是他如何描繪鏡子裡的那個人，其方法和習慣卻很有講究。因此在我們有關自傳的閱讀經驗中，產生了對傳主的真切的或模糊的形形色色的印象。

我們總是信服一個人對自我的陳述和描繪，總是以為一份自傳需要負起證詞似的責任，總是相信自傳的鏡子將準確地傳達鏡前人的形象和他的眼神，但是這樣的閱讀期待也許是幼稚而有害的。最近讀了法國新小說主將霍格里耶的自傳文字《重現的鏡子》，更加深了這種感覺。閱畢合卷後我看見的是仿主母親的形象和一些不相干的人，我也看見了霍格里耶的眼神，但那是注視另一位法國文化名人羅蘭・巴特的鄙視和挖苦的眼神。

一個總是批評丈夫神經有問題的妻子，一個總是讓兒子不要嬰兒的母親，一個因為丈夫不能及時點燃蠟燭而差點用刀殺他的中產階級婦女，這個精采的人物推翻了我對作者無視人物形象的陳舊印象，他筆下的這個母親是如此真切，真切得無所保留。再看看羅蘭・巴特吧。「羅蘭・巴特在他生命中的最後日子絲毫不為意識到自己是個招搖撞騙的人而煩惱」，不僅如此，「他是個偽君子」，他還是個假

「思想家」。作者如此無情如此尖銳地攻擊另一位大師（其時羅蘭．巴特剛剛因車禍遇難），著實讓我目瞪口呆。

我相信這本書的創作是真摯的，但讀後多少又有些失落，失落之處不在於對作者的德行的懷疑，這種懷疑是沒有多大意義的。我的失落在於鏡子裡的霍格里耶的形象竟然是斜睨著雙眼的，我不僅希望看見他斜睨雙眼的形象，也很想看見他的正視世界與人群的眼神，很想看見他審視自我的眼神。但那樣的眼神恰恰是閃爍其詞一帶而過的，唯有他對去戰後德國做工人生活的描寫細緻而和平。

不知怎麼想起了另一位偉大的法國人盧梭，想起那本著名的《懺悔錄》。當年我深深地為這顆自我祖露自我鞭撻的靈魂所感動，有一天讀到關於那本書的文字，竟然說盧梭在自傳中描繪的盧梭並非真實的盧梭。我從此多長了心眼，自傳作為一面鏡子多半是長了綠鏽的銅鏡吧，我們必須學會從銅鏡中觸摸鏡中人的形象。還是霍格里耶說得好，「我不是一個真實的人，我也不是一個虛構的人。」這也許正好洩漏了自傳的天機。

多年來寫作已經成為我生活的最重要的一部分，這是一種既主動又被動的結果，其中甘苦我已有過品嘗，但我不喜歡將其細細描述太多，更不喜歡那種誇張的戲劇化的自傳性語言。我只想說，我在努力靠近我的夢想，我想趁年輕時多寫些小說，多留幾部長篇和小說集，作為一個文學信徒對大師們最好的祭奠。

尋找燈繩

對於美國作家沙林傑的一度迷戀使我寫下了近十個短篇，包括〈乘滑輪車遠去〉、〈傷心的舞蹈〉、〈午後故事〉等。這組小說以一個少年視角觀望和參與生活，背景是我從小長大的蘇州城北的一條老街。小說中的情緒是隨意而童稚化的，很少有評論家關注這組短篇，但他們對於我卻是異常重要的。一九八四年秋天的一個午後，我在單身宿舍裡寫了四千多字的短篇〈桑園留念〉，那個午後值得懷念。我因此走出第一步，我珍惜這批稚嫩而純粹的習作。

朋友們一般都認為我的三部中篇《一九三四年的逃亡》、《罌粟之家》、《妻妾成群》是我創作中最重要的作品。我同意這種看法。現在回頭看這三部中篇，明顯可見我在小說泥沼中掙扎前行的痕跡，我就此非常感激《收穫》雜誌，他們容納了我並幫助我確立了自信的態度。《妻妾成群》給我帶來的好運純屬偶然和巧合，對於我的創作來說，《妻》是我的一次藝術嘗試，我力圖在此篇中擺脫以往慣用的形式圈套，而以一種古典精神和生活原貌填塞小說空間，我嘗試了細膩的寫實手法，寫人物、人物關係和與之相應的故事，結果發現這同樣是一種令人愉悅的寫作過程。我也因此真正發現了小說的另一種可能性。《妻》的女主人公頌蓮後來成為我創作中的「情結」，在以後的幾個中篇中，我自然而然地寫了「頌蓮」式的女性，譬如《紅粉》中的小萼和《婦女生活》中的嫻和蕭。到目前為止，所謂的女性系列已都寫成，我將繼續「走動」，搜尋我創作中新的可能性。

小說是一座巨大的迷宮，我和所有同時代的作家一樣小心翼翼地摸索，所有的努力似乎就是在黑暗中尋找一根燈繩，企望有燦爛的光明在剎那間照亮你的小說以及整個生命。

在去年的一篇小文章中，我曾就小說風格問題談了幾點想法。我一直認為當一個作家的創作形成所謂的風格之後，創作危機也隨即來臨，如何跳出風格的「陷阱」，如何發展和豐富創作內涵成為最迫切的任務。要不斷地向昨天的作品告別，要勇於打碎原有的一切，塑造全新的作品面貌和風格，我想這才是寫作生命中最有意義的階段，也是最具挑戰性的創作流程。正如我剛才的比喻，必須有勇氣走進小說迷宮中的每扇門，每一個黑暗的空間。

從自己身邊繞過去。

從迷宮中走出去。

試一試能否尋找那些隱蔽的燈繩。

卡爾維諾在仰望一片茂密的樹林時，發現粗壯雜亂的樹幹酷似一條條小路，樹幹之路是幽暗的，彎曲的，當他們向四面八方延伸，一種神祕的難以勾勒的旅程也在空中鋪展開來。是光線的旅程？還是昆蟲、苔蘚或者落葉的旅程？許多從事文學和繪畫創作的人都可能產生諸如此類的聯想，但卡爾維諾慧眼獨具，他看見了別的，他還在樹上看見了一個人和他的家園。很可能是一瞬間的事，靈感的光芒照亮了卡爾維諾。這一瞬間，作家看見了「樹上的男爵」，他正從一棵樹跳到另一棵樹上去，那個在樹上跳動的人影，正是作家守望的「人物」——所謂靈感來了，很多時候說的是人物來了。

有個人爬到樹上去，不是為了狩獵和採摘，不是孩子的淘氣，不為別的，是為了在樹上生活！讀者們無法忘記《樹上的男爵》，其實是無法忘記一個爬到樹上去生活的人。小說家從來都是詭計多端的，他們塑造的人物形象千奇百怪，套用如今商界的廣告營銷戰略語彙，越怪越美麗，乖張怪戾的人物天生搶眼，印象深刻自然是難免的，但爬到樹上去的柯西莫超越了我們一般的閱讀印象，這個人物設置至今看來仍然令人震驚，在文學史上閃著寶石般的光芒。

把他送到樹上去

《樹上的男爵》出版於一九五七年，此時距離卡爾維諾的成名作《蛛巢小徑》發表正好是十年時間，距離他的另一篇精采絕倫的作品《分成兩半的子爵》則相隔了五年時光。對於一個優秀的作家來說青壯年期的十年時光應該是一段河流般奔湧的創作史，可以氾濫成災卻不允許倒流，而卡爾維諾似乎是斜刺裡奪路狂奔，背叛自己的同時也脫離了保守的義大利的文學大軍。卡爾維諾脫穎而出之時正是義大利二次大戰的瘡疤漸漸結痂之時（而他早已經在《蛛巢小徑》中觸及了那塊潰爛時期的瘡疤），戰爭時代他在破敗的街道和酒館裡體會義大利的悲愴，在和平年代裡他有閒適的心情觀察祖國義大利了，結果從樹上發現了自己的祖先。從開始就這樣，卡爾維諾善於讓人們記住他的小說。即使是在《蛛巢小徑》中，人物也是不易忘卻的，一個孤獨的男孩，被同齡的孩子們所拋棄，卻被成年人所接納所利用。沒有人會忘記男孩的姊姊是個妓女，而且是個和德國軍官睡覺的妓女。我曾嘗試拆解小說中的人物鏈條：皮恩——姊姊——德國軍官——游擊隊。感覺它像一種再生複合材料，可以銜接無數好的或者平庸的情節、人物關係（由此有了皮恩偷槍的故事，有了皮恩和游擊隊營地的故事）。這個人物鏈所滋生的小說材料是多快好省的，但具有一定的危險性——所有過於講求效率的職業手段都有一定的危險。《蛛巢小徑》也如此，看似牢固的人物鏈後來不知怎麼脫了鏈，小說漸漸發出一種機械的鬆散無力的噪音，也許是從皮恩越獄後碰到「大個子」開始的，一切細節幾乎都在莫名其妙地阻礙小說向輝煌處發展。我們最後讀到了一個少年與游擊隊的故事，加上一把槍，很像一部二流的反映淪陷的電影。

一個過於機巧、科學的人物鏈對於具有野心的小說也許並不合適，而作家也不一定非要對「二戰」這樣的重大題材耿耿於懷，卡爾維諾對自我的反省一定比我深刻。五年過去後義大利貧窮而安詳，卡爾維諾寫出了《分成兩半的子爵》，單就人物設置來說，已經拋棄了人們熟悉的模式。十年過後《樹上的男爵》應運而生，令人震驚的卡爾維諾來了。

卡爾維諾來了，他幾乎讓一個傳統的小說世界都閃開了。讓親人們閃開，讓莊園閃開，甚至讓大地也閃開，讓一棵樹成為一個人的世界，讓世界拋棄孤獨者，也讓孤獨的人拋棄他人的世界。這是五〇年代卡爾維諾對小說人物的設想，也是他文學生涯中一次最決絕而勇敢的小說實踐。

少年男爵柯西莫可以為任何一個藉口爬到樹上去，不一定是為了拒絕吃蝸牛。反叛與拒絕在文學作品中的例子和實際生活中一樣多，但卡爾維諾是處心積慮的，爬到樹上去，爬到樹上去——這聲音是聖潔的，也是邪惡的，是人們能聽見的最輕盈也最沉重的召喚。不僅僅是為了反抗，也不是為了叛逆，當一個孩子任性的稚氣的舉動演變成一種生存的選擇之後，這個故事變得蹊蹺而令人震驚起來。讀者們大概都明白一個不肯離開樹頂的少年身上隱藏著巨大的哲學意味，但每個人也都為卡爾維諾驚世的才華捏了一把汗，他怎麼讓這齣戲唱完呢，柯西莫將在樹上幹些什麼？柯西莫會不會下樹，柯西莫什麼時候下樹？（大家都明白，柯西莫下樹，小說也該結束了。）

卡爾維諾不讓柯西莫下來，柯西莫就下不來。柯西莫在樹上的生活依賴於作家頑強的想像力，也依賴於一種近乎殘忍的幽默感。柯西莫在樹上與鄰居家的女孩薇奧拉的糊塗的愛情在人們的預料中，但他在樹上與大強盜布魯基的交往和友誼在小說中卻又是奇峰陡生，布魯基這個人物的設置同樣讓人猝不及防，他是個熱愛閱讀的浪漫的強盜，他強迫柯西莫給他找書，而且不允許是無聊的書。一個殺人如麻的強盜最後被捕的原因也是為了一本沒看完的書，更奇妙的是布魯基臨刑前還關心著小說主人公的下場，當柯西莫告訴他小說中的主人公是被吊死的，這個沉迷於文字的強盜踢開了絞架的梯子，他對柯西莫說：「謝謝，我也是這樣，永別了。」

卡爾維諾放大了柯西莫的樹上世界，這個人物便也像樹一樣長出許多枝條，讓作家取之不竭用之不盡。柯西莫在樹上走來走去，從十二歲一直走到年華老去。「青春在大地上匆匆而過，樹上的情形，你們可想而知，那上面的一切注定是要墜落的：葉片，果實。柯西莫變成了老人。」老了的男爵仍然被作家締造神話的雄心牽引著，沿著樹上世界一直走到了遙遠的森林裡，傳奇也一直在延續，樹上的男爵親歷了戰爭，最後見到了拿破崙。作為真正的傳奇，小說的結尾無情地挫傷了讀者的熱望和善心，柯西莫再也沒有回到地上來，垂死的柯西莫最後遇到了熱氣球，奇蹟開始便以奇蹟結尾，我們最後也沒等到主人公回歸，小說卻結束了。

請注意作家為他的人物柯西莫撰寫的碑文，它不僅可以幫助我們理解人物，也幫助我們勾勒了卡爾維諾塑造這個人物的思路：生活在樹上——始終熱愛大地——升入天空。這碑文不知為何讓我想起對卡夫卡《變形記》的讀解：變為昆蟲——體會人的痛苦——無處生活。

最洶湧的藝術感染力是可以追本溯源的，有時候它的發源就這麼清晰可見：樹上有個人。在我看來，《樹上的男爵》已經變成一個關於生活的經典寓言，就像卡夫卡筆下的城堡，卡爾維諾的樹也成為了世界的盡頭。然後我們不得不提出一個課堂式的問題，你覺得是哪一步棋造就了這部偉大作品的勝局，如果有人問到我，我會這麼回答，其實就是一步險棋，險就險在主人公的居所不在地上，而是在樹上。

總是覺得卡爾維諾優雅的文字氣質後隱藏著一顆殘酷的心，細細一想豁然開朗：有時候一個作家就是統治人物的暴君，對待柯西莫這樣的人，放到哪兒都不合適，乾脆把他送到樹上去！

流水帳裡的山峰

讀瑞蒙・卡佛會讀出怪事來，不喜歡的人會認為這是個記流水帳的作家，記得很固執很細膩罷了。這種歧見尚屬正常，如果不喜歡卡佛的遇見個喜歡的，如果前者就小說的流水帳傾向質問後者，恐怕後者一時會抓耳撓腮，對某種流水帳的滿腹愛意就像曖昧的心理異常，千言萬語，不知從何談起。怪就怪在這兒，卡佛的好處其實很難用嚴謹恰當的文學語言去讚美的，以我的一己之見，說服一個樂觀主義者賞識卡佛是徒勞的，說服一個崇尚經典文學價值體系的鑑賞者去熱愛卡佛同樣是徒勞的，卡佛其實就是一個記流水帳的人，只不過那是一本男人的流水帳，可以從低處往高處流。卡佛對文學樣板的叛逆也是離奇的，別人努力從高處叛逆，他卻是從低處開始。他幾乎只用中學生的語文詞彙寫作。他抓緊了現實生活去寫，幾乎放棄了虛構帶來的種種文字便利——這怎麼就好？還是不能說服人，唯一可與我文章主旨匹配的說法是：卡佛可以令人把小說和現實生活混在一起，這種混淆感是有魔力的，也許由於卡佛的故事大多不成其為故事，更多是一種生活場景的有機串聯，人物的心情在這種串聯中便像烏雲遮蓋的山峰一樣凸現出來了。

所以讀卡佛讀的不是大朵大朵的雲，是雲後面一動不動的山峰。讀的是一代美國人的心情，可能也是我們自己這一代中國人的心情。

沒辦法，只能將比喻用在討厭比喻的卡佛身上了。要談論這個被封為簡單派的作家一點也不簡單，人們通常會認為卡佛的創作標籤是醒目的：關注日常生活，文字簡潔樸素，幾乎排斥所有的修辭手法，但你最終會發現你準備的標籤貼完了，卡佛仍然面目不清。

卡佛在寫作上是有潔癖的，潔癖體現在他對許多正常的小說元素的排斥，除了修辭上的戒律，他大概極其痛恨對景物、心理之類東西的細緻描寫，我們做一種不嚴肅的猜想，如果有人請求卡佛去像蕭洛霍夫那樣描寫頓河上的「蒼白的太陽」，或者讓他參照他祖國的大師福克納去寫白痴昆丁在忍冬香味中的心理流，卡佛也許會說，那你讓我一頭撞死算了！卡佛其實一直在挑戰人們的閱讀趣味，除了人物，該寫的不該寫的他都不寫。所以當我們要談論卡佛也只能從他筆下的人物著手——不知道是幸運還是不幸，卡佛的創作來源幾乎是傳統現實主義創作發生論的一次證明，一切都與個人經歷有關。這樣我們不得不簡單談一下卡佛的短暫的不如意的一生，他的研究者告訴大家，卡佛當過鋸木工、送貨員、加油工、門房，他十九歲娶了未婚先孕的妻子，不知道是主動還是被迫做了一個養家餬口的男人，卡佛後來抱怨他從沒有享受過青春。卡佛也許自己都沒有意識到，他是如何在無意中成為了現實主義創作理論的宣傳品，他是如何自然地利用自身經歷中的資源，成長為美國文壇上罕見的「艱難時世」的觀察者和表達者。但是創作的發生是一回事，作品卻是另一回事了。不該被忽略的是卡佛筆下的美國人，他們身上散發的是卡佛本人的令人焦慮的那一絲酒氣，它既不代表沉淪和悲劇，當然也不暗示大眾印象中的積極開拓的美國精神，那一絲發苦的酒氣，最多代表某種鬱鬱寡歡的心情。是的，卡佛小說中的男人大多是鬱鬱寡歡的，讓人聯想到作者本人，他的工人般粗礪的外表和敏感的內心世界。他對失敗的男人形象的熱中幾乎令人懷疑是一種變相的自戀，一種訴諸於文字的自我性格和命運的分析報告。

到處都是失敗的男人，到處都是麻煩纏身的男人，到處都是要舔傷口卻找不到自己的舌頭的男人。在卡佛的成名作《能不能請你安靜點？》中，男主人公與妻子的緊張關係一開始雖沒有明顯的徵兆，但是有非常隱晦的暗示的，雷夫看見妻子穿白衣服戴紅頭巾站在陽台上時，聯想到某部電影中的一幕場景。「瑪麗安在戲中，可是他沒份。」雷夫在誘逼妻子回憶她的那次紅杏出牆的經歷的同時，再次感到妻子在電影中，只不過這次他由於受辱而暴怒，綠帽子丈夫的角色使他有份闖入了戲中。雷夫離家出走後的表現很有意思，他去跟人賭博了，錢輸光了，還莫名其妙挨了人打，然後作為一個全面受傷的男人回了家。回家後的表現更具深厚的意味，他在憤怒和沮喪中一遍遍讓內疚的妻子住嘴，「請你安靜一點好不好？」他妻子安靜了，妻子最後安靜地向丈夫的下體伸出一隻手，結果一個順理成章而又發人深省的結果出現了，丈夫也安靜了！那對夫妻暫時好了，讀者卻怎麼都覺得不好，尤其男性讀者，似乎就是前面我所說的感受，最後是讀者尤其是男性讀者挨了卡佛的一記悶拳。

到處都是因受傷害而變得敏感的人，到處都是因為敏感而更加不幸的人，到處都是對生活失望的人，到處都是令他人失望的人，到處都是脆弱的融洽和深深的隔閡。《羽毛》中的敘述者怎麼也記不住他的朋友兼同事巴德的妻子奧拉的名字，但他和女友還是被邀請去巴德家做客了，兩對甚至兩對夫婦以上的男女聚在一起的場面在卡佛的短篇小說並不少見，譬如《當我們討論愛情》，但《羽毛》裡的兩對男女聚會的開始也是告別的開始，一晚上的聚會到底發生了什麼呢，可以說什麼也沒發生，也可以說什麼都發生了。巴德家養了一隻美麗的孔雀，還有一個八個月大的嬰兒，這嬰兒起初是在幕後哭著，奧拉無意把嬰兒抱出來，可是「我」女友佛蘭出於女性交際的本能堅持要看看可愛的嬰兒，結果就弄出了事情，千呼萬喚始出來的嬰兒當然預示著某種危險，是一個醜陋的怪嬰！隨著這怪嬰的曝光，巴德夫婦的創痛也徹底地展示在「我」和佛蘭面前，可是切記參觀別人的創傷是要付代價的，這難得的家庭聚會成為唯一的也是最後的一次，誰也見不到誰的孩子了，從此只有幾根孔雀的羽毛作為「我」和巴德友情的見證。在另一篇小說《臥鋪車廂》中，另一個經不起傷害的男人梅耶坐穿越法國的火車去看八年未見的兒子，但這次旅程因為一次意外完全失去了目標，梅耶的手提箱被小偷偷走了，於是烏雲忽起，我們看見的是只有卡佛先生能準確描繪的一種男人，這種男人在遭受不幸的時候做順流而下的選擇，讓不幸延續下來，梅耶就是這樣，他在斯特拉斯堡的車站上看見了等候他的兒子（已經是一個年輕男子），但是他不下車！他懷著一種無以名狀的哀傷、恐懼和來歷不明的憤怒和復仇心理拒絕了那個車站。他留在火車上，居然很快對法國鄉間景色留下了深刻的印象。

美國導演羅伯特・阿特曼曾經把卡佛的九個短篇和一首詩拍成了電影《銀色・性・男女》（*Short Cuts*），他說，「我把卡佛所有的故事當做一個故事」，這當然是典型的導演使用小說的「捷徑」，不過這個說法啟發了我，我假設把卡佛筆下的所有人物當一個人，那麼他是誰呢？無疑他是卡佛自己，這不能怪我思維老套，所有完美的虛構都會令人生疑，懷疑作家是拿自己的靈魂與什麼什麼神或者什麼什麼魔鬼做了交換。

卡佛小說裡的一切尖銳得令人生畏，如果說他「殺人不見血」有點誇大他對讀者的精神壓迫的話，說他拿著刮鬍子刀片專挑人們的痛處可能比較被人贊同。有批評家論及卡佛的世界觀，說是黑色的。怎麼會呢？那是把追求簡單敘述的卡佛一起簡單化了，我反而覺得卡佛是個很複雜的作家，只有複雜的作家會對語言有超常的狠心腸，殺的殺，剮的剮，留下的反而是文字鍛造的一把匕首。我一直試圖用標準的評論腔調總結我對卡佛作品的印象，結果卻不好意思寫出來，竟然都是此不通順的自作聰明的網絡語言：

譬如絕望的希望、消沉的力量啦；譬如溫和的劇痛、無情的纏綿啦；譬如乾淨的罪惡、簡單的複雜啦，諸如此類，卡佛在天之靈聽見，一定會讓我搞糊塗的。

談談辛格的《盧布林的魔術師》。

辛格與其他美國籍的猶太裔作家不同。不同點不僅在於他是唯一用意第緒語寫作的一個，更在於他奇異的封閉型的題材資源。與索爾・貝婁的寬闊的從知識分子立場出發的全景式寫作相比顯得狹窄而固執，與菲力普・羅斯衝動的反叛的寫作相比顯得那麼地迂腐而憨厚，但寫作的結果是一個意外，讀者們不得不說，辛格的作品是猶太裔作家中最守舊的，卻是最動人的。

辛格三十一歲從波蘭移民美國，尚算年輕，可是他似乎把好多面向新世界的窗子關上了，只留下一扇窗，對著幽暗方向的波蘭故鄉，在那樣的窗後他守望世界，這個世界便表情悽慘地躺在《舊約》上了。辛格內心的季節有時是風雪交加的冬天，有時是電閃雷鳴的盛夏，猶太人像一隻隻飛鳥從歐洲的各個角落飛起來，盤旋著，卻落不下地。辛格的寫作任務是幫助他們落地。當然，用教科書的語言來說，辛格寫作的核心是猶太人的民族精神和民族性格。如果想認識猶太人而苦於無門而入，打開辛格的小說讀一下，也許就是一條捷徑。

如何與世界開玩笑

還是談人物，談談《盧布林的魔術師》中的魔術師亞夏。

亞夏是個瘦小的魔術師，在波蘭很有名，按照他的經紀人的設想，他未來很有希望在整個歐洲引起轟動。按照文學從業人員的想像，魔術師的職業是個神神鬼鬼的職業，與壓迫動物、騙術、障眼法、走江湖等神神鬼鬼的行徑有關，人物塑造已有天生的優勢，但作者不知為何並未利用這份優勢，他避開了以魔術造勢以魔術為煙花爆竹為小說開路的慣常思路，仍然是極其老實地從人寫開去，心無旁騖。亞夏是由四個女人簇擁而站的一個男性形象，按照小說的敘述順序，第一個女人是他妻子，他的妻子埃斯特是個女裁縫，賢惠而善良，亞夏每隔數月便回家與她團聚一次，亞夏對她不壞。但是亞夏有一個異教徒的女助手瑪格達，她深愛著亞夏，比他妻子更殷勤地照料著亞夏，亞夏對她也好，把她母親甚至弟弟的生活費用也負擔了。第三個女人澤夫特爾，來自盛產小偷的村鎮，不僅風騷，而且懂得利用亞夏這樣的男人。第四個女人是華沙的大學教授的遺孀伊米利亞，一個生活窘迫而保持著高雅風範的女人，她是亞夏的愛情所在，也是他最愛的女人。

至此，小說的人物關係雖然已經令人眼花撩亂，還不至於大跌眼鏡，但辛格幾乎是用一種惡作劇的敘事哲學在塑造亞夏這個人物，亞夏竟然還對伊米利亞十四歲的女兒哈利娜有所企圖，並且「布好了圈套」。

很清楚，辛格先給亞夏這個人物戴上一頂可恥的淫蕩的罪惡的帽子，然後他要想辦法把帽子上的黑色洗滌乾淨，讓它回歸到猶太人的祈禱巾的顏色，這是亞夏這個人物存在的巨大價值，也是小說向前發展的動力和步驟。亞夏與四個女人的故事具備了令所有讀者莫名興奮的條件，但我們漸漸發現情欲與男女關係不是作家的敘述目標，這其實是一個關於罪惡和自我救贖的故事。亞夏身上的人物特性，聰明、狡詐、欺騙、貪婪、占有欲，漸進式地與他的良知、善良、宗教教育唱著痛苦的和聲，也許作家本人有對一個民族做出隱喻的企圖，但我們再冷靜也不忍心把亞夏的毀滅看成一個猶太作家對自己民族特性的批判書。最令人痛心的是人的毀滅之路，甚至亞夏自己也感受到他的生活是令人窒息的。「他覺得他的生活像一部小說，情節越來越緊張，叫人連翻書頁都不耐煩了。」而亞夏深夜潛入那個孤寡老人家裡企圖用魔術師的巧手撬開保險箱的細節描寫更讓人緊張，讀者應該很容易想起杜思妥也夫斯基的《罪與罰》中主人公殺死房東老太婆的情節。但我們最終鬆了口氣，一個偉大的猶太作家和一個偉大的俄羅斯作家對於人物悲劇命運的處置是不同的，尋歡作樂引發的暴力和陰鬱的失敗者的暴力也是色調不同的，亞夏最後放棄了偷竊與殺人的念頭，跳窗逃跑時還崴了腳，然後讀者也許會沒心沒肺地歡呼了，一個盧布林的魔術師，犯罪就應該是這樣半途而廢，應該崴了腳！

亞夏的覺醒值得品味。那是在猶太會堂裡被同族兄弟的虔誠感化的結果嗎？「那早已忘卻的童年時代的虔誠現在又回來了，這是一種不要證明的信仰，一種對上帝的敬畏，一種對違法教條的悔恨。」「我一定要做個猶太人，猶太人怎麼樣我就怎麼樣。」這可能形成一個解釋，但不具備全部的說服力，依我的理解，亞夏的覺醒是被動的無法推卸無法逃避的覺醒，是見了棺材以後落下的眼淚，因此顯得徹底，讓人亦悲亦喜——還是得從女人們那兒尋找結論，忠心耿耿的瑪格達認清她的愛情是無望的，上吊死了；貴夫人出身的伊米利亞發現她借助亞夏改善生活境遇的計畫成為泡影後，當面與他撇清了原本黏糊糊的關係；而水性楊花的澤夫特爾當然也沒有成為亞夏的救命稻草，在亞夏後來四面楚歌面臨崩潰的時候她投入了一個人販子的懷抱。於是亞夏最終回到了盧布林村莊的妻子那兒，完成了一次肉體的回歸。我之所以稱其為肉體回歸恰好是由於小說尾聲部分亞夏有一個極其「形而上」的壯舉，在結束了他漂泊的放縱的魔術師生涯後，亞夏成為了一個自建牢籠自我囚禁的「聖徒」。猶太男女曾經觀賞過亞夏走鋼絲的壯舉，現在則是圍在石頭小屋前觀看亞夏的另外一個壯舉，一個自我囚禁的懺悔者。到此，盧布林的魔術師徹底回到了盧布林，從肉體到精神，從道德到欲望，都回歸了，只是人們注意到這一切附加了最殘酷的條件：喪失自由。

記錄另外一個聲音是可恥的，但我肯定有人這麼懷疑過亞夏自我囚禁時另一種心聲：命運非要讓我做一個好人一個聖徒嗎，好，好，那就把我關起來吧！

亞夏曾經以走鋼絲聞名波蘭，但讀者分明看見他一直走在人性的刀鋒上。走得鮮血四濺。追隨魔術師的蹤跡其實是追隨一種尖銳的刺痛感，它由魔術師亞夏的腳底傳導給我們，當然「變」過了魔術，變成了一種幽默的疼痛了。

「你這半生闖蕩只不過是和你自己和整個世界開了一場玩笑。」這是智慧的優雅的伊米利亞對亞夏的評價，依我看，這恰好也是辛格的苦心所在。辛格把亞夏這個人物拋到文學史上，不僅是拿猶太兄弟姊妹練靶，他向全世界的惡行和道義晃了一拳，和我們大家開了一個善意的悲喜交加的玩笑。

皮利尼亞克在呼吸著蘇維埃政權的空氣時寫出《紅木》，就像布爾加科夫寫《大師與瑪格麗特》一樣不可思議。兩部誕生於蘇維埃政權時代的偉大作品命運相仿，批判，批判，再批判，兩個作家的命運則不同，布爾加科夫咎由自取地患病而死，但皮利尼亞克一直沒生病，後來就以間諜罪處死了。

皮利尼亞克為《紅木》丟了命，從人道主義立場上說是不值得，但從冷酷的文學史角度上說，他也許已經值了，作為一部中篇小說，人們所能看到的最寬闊的視野最沉鬱的悲哀最辛辣的批判都已經盡收囊中了。

去小城尋找紅木家具

《紅木》中所寫的俄國小城始終沒有具體的名字，作者很古怪很複雜地以俄國的布呂赫、俄國的鎌倉替代它的真實地名，以表示其古老，偏偏不肯透露那個地名，甚至不肯像別的作家一樣以一個字母替代，唯一泄漏其地理位置的是它在伏爾加河畔——這並不重要，卻頗有意味，寫作的時代特徵有時候就體現為這種有意義或無意義的掩掩藏藏，包括地點的掩掩藏藏。

但《紅木》中的人物群像毫不忸怩，他們——我粗粗統計一下有十餘人，他們以大無畏的非革命姿態纖毫畢露地站在革命的讀者面前，一群守舊的、自命不凡的、貪婪的、虛偽的、愚昧無知的人在遠離莫斯科的古老小城裡扮演著醜角，圍繞著代表資產階級文化的紅木家具跳來跳去，在時代的洪流中他們仍然固執地抱著私欲的枯樹不放，而且哼唱著自己的固執而自私自利的小調。一個採用單一事件的中篇小說用了複式的敘述，大膽勾勒人物群像，而每個人物都能寫得如此鮮活，如此鮮活的人物偏偏都長了不合時宜的嘴臉，也許就是這些精采的人物聯手置他們的創造者於死地，這是我讀《紅木》後的最為驚心的感觸。

看得出來，如何攪拌時代與人物的混凝土，讓他們黏結而又避免主料不清曾讓作者煞費苦心，由於皮利尼亞克一心主攻人物這塊陣地，他對涉及時代的所有文字都是大事化小小事化了的。開篇時的癲僧葬禮令人懷疑是一種暗喻，皮利尼亞克也許意識到此種暗喻潛藏的危險性，寫得盡興以後立刻鳴金收兵，此後他很簡潔地在小城上空為讀者掛了一些鐘，是教堂大鐘，他讓鐘一口口地墜下來（每口鐘墜地時都把地砸出一米半左右的深坑），鐘被送到冶煉廠，時代背景就搭好了——搭得多麼草率，卻足夠了。

人物在落地鐘聲的迴響中一個個粉墨登場，依我看來，皮利尼亞克筆下的這些人物，其實是排著隊來敲他本人的喪鐘來了。先說雅可夫•卡爾波維奇，他是人物群的軸心，這是一個被作者調侃為「俄國的伏爾泰」的小市民，雖然一直受疝氣折磨，走路不得不把手放在褲襠裡，但他一直對自己的長壽充滿信心，比沙皇活得長讓他感到驕傲，比革命領袖列寧活得長同樣讓他高興。他是熱心為農民辦事的人，他半夜讀《聖經》讀到天亮，他還經常要求和老伴過性生活，每次都說，「瑪麗亞，人生在世！」他認為促進世界文明的是記憶，請看他舉例說明是多麼雄辯：「不妨設想，一早醒來，忽然失去了記憶……我餓了，卻不知道該吃什麼，吃凳子？還是吃留在凳子上的隔宿麵包？我見到女人，長幼不分，把女兒當成了老婆。」這老頭甚至揚言無產階級遲早將不復存在，說無產階級最終都將變成有文化有知識的工程師，由於是縣城水準的「伏爾泰」，說話當然有縣城特色，口無遮攔，與革命理論唱的是反調，你不得不懷疑這是皮利尼亞克對文明的認識，對無產階級理論的牴觸，借刀殺人不能逃脫什麼罪責，所以我把雅可夫列為敲響作家喪鐘的第一人。

再說雅可夫的弟弟伊萬・卡爾波維奇，他有過光榮的革命歷史，但被人們稱為懶蛋，他與一大群莫名其妙被蘇維埃拋棄的「革命者」在野外過著共產主義的集體生活，但是沒有錢買酒喝，他認為除他之外的人都是反革命，包括他哥哥嫂子（嫂子是現行反革命），他當面指責從莫斯科來的古董商兄弟是歷史反革命，弄得大家都不爽，只好由古董商用半瓶酒酒錢把他打發走了——伊萬拿了半瓶酒的酒錢就走，造成了讀者們的兩種讀解反應，一種是我們這樣的讀者，會心一笑，事不關己地擊節讚嘆，另一種反應可想而知了，完美的人物刻畫與完美的誹謗和醜化有時是一致的，皮利尼亞克為他的完美付出了代價，他在寫伊萬離開他哥嫂的家和古董商人時意想不到他是幹什麼去了，他是去喝了，不過他一邊喝酒一邊在敲作家的喪鐘。

雅可夫的老伴瑪麗亞是「俄羅斯農村隨同聖母像保留下來的婦女典型」，由於婚後第一天遭到丈夫的一句責問：「穿給誰看？」她的一件漂亮的絲絨背心一輩子都壓在箱底。這個人物也許是唯一沒給作家惹麻煩的，但她撫養長大的兒子女兒卻也脫不了干係，女兒卡捷琳娜出場不多，卻做了一件在任何社會體制下都不甚光彩的事，她居然答應古董商的無恥要求，招了一群姑娘陪著古董商在澡房裡喝花酒。兒子阿基大乾脆就是個「托派」，是托派還溜回老家來做了一次迷惘的回鄉之旅，最後要回莫斯科時又沒「趕上時代的火車」。而雅可夫的兩個妹妹雖然分開居住，其中一個儘管婚姻被耽誤而不小心成為聖女，另一個里瑪卻不爭氣，未婚先孕地養了一對兒女，恰好里瑪的女兒克拉夫季婭青出於藍勝於藍，她在蘇維埃的天空下居然做了性解放運動的先驅者，有了身孕不知道父親是誰——原諒我在這裡開一個不恰當的玩笑，其父親系皮利尼亞克，他因此被人敲響了又一次喪鐘。

從莫斯科遠道而來低價收購紅木的古董商費奧多羅維奇兄弟幹的當然是損人利己的事，他們用盧布輕易地征服了小城的男人女人（唯一抗拒的是另一個古董收藏者卡拉津老爺，但他的抗拒令人懷疑是為了抬價）。他們收集「資產階級的破爛」，當他們把小城值錢的紅木運上船的時候，我們驚訝地發現一個生活在蘇維埃時期的作家，是如何奮不顧身地完成了一個文學史上最具俄羅斯情調的中篇小說的經典文本，當古董商兄弟把小城最值錢的紅木運上船時，作者本人也在伏爾加河上開始了他黑色的旅程，一個被高爾基稱為「自己的孩子」的人，一個名叫皮利尼亞克的才華橫溢的作家被自己筆下的人物所控告，踏上了「反革命」的不歸之路。

喜歡《紅木》的人應該痛恨紅木。都是紅木惹的禍。如果沒有紅木，就不會有這個故事。但紅木不會說話，要怪還是要怪到買賣紅木的人的頭上，在紅色蘇維埃時期，不賣和不買都是很容易做到的，偏偏那小縣城的人做不到，結果害得小說家皮利尼亞克寫了這部小說，把自己的性命也寫沒了。

虛構的熱情

我在許多場合遇到過許多我的讀者，他們向我提出過許多有意思的話題，大多是針對小說中的某一個細節或者某一個人物的。那樣的場合往往使我感嘆文字和語言神奇的功能，它們在我無法預知的情況下進入了許多陌生人的生活中間，並且使他們的某種想像和回憶與我發生了直接的聯繫，我為此感到愉快。

但是也有很多時候，讀者的一個常見的問題會令我尷尬，這個問題通常是這樣的：你沒有經歷過某某小說中所描寫的某某生活，你是怎麼寫出來的呢？我總是不能言簡意賅地回答好這個問題。碰到熟悉的關係較密切的人，我就說，瞎編的；遇到陌生的人我選擇了一個較為文雅的詞語，那個詞語就是虛構。

虛構這個詞語不能搪塞讀者的疑問，無疑他們不能滿足於這麼簡單潦草的回答。問題在於我認為自己沒有信口雌黃，問題在於我認為我說的是真話，問題在於我們對虛構的理解遠遠不能闡述虛構真正的意義。

所有的小說都是立足於主觀世界，扎根於現實生活中，而它所伸展的枝葉卻應該大於一個作家的主觀世界，高於一個作家所能耳聞目睹的現實生活，它應該比兩者的總和更加豐富多彩。一個作家，他能夠憑藉什麼力量獲得這樣的能量呢？我們當然寄希望於他的偉大的靈魂，他的深厚的思想，但是這樣的希望是既合理又空泛的，它同樣適用於政治家、音樂家、畫家甚至一個優秀的演員，而對於一個作家來說，虛構對於他一生的工作是至關重要的。虛構必須成為他認知事物的一種重要的手段。

虛構不僅是幻想，更重要的是一種把握，一種超越理念束縛的把握，虛構的力量可以使現實生活提前沉澱為一杯純淨的水，這杯水握在作家自己的手上，在這種意義上，這杯水成為一個祕方，可以無限地延續你的創作生命。虛構不僅是一種寫作技巧，它更多的是一種熱情，這種熱情導致你對於世界和人群產生無限的欲望。按自己的方式記錄這個世界這些人群，從而使你的文字有別於歷史學家記載的歷史，有別於報紙上的社會新聞或小道消息，也有別於與你同時代的作家和作品。

虛構在成為寫作技術的同時又成為血液，它為個人有限的思想提供了新的增長點，它為個人有限的視野和目光提供了更廣闊的空間，它使文字涉及的歷史同時也成為個人心靈的歷史。

如今，我們在談論波赫士、馬奎斯、卡爾維諾時看見了虛構的光芒，更多的時候虛構的光芒卻被我們忽略了。我們感嘆卡夫卡對於人的處境和異化做出了最準確的概括，我們被福克納描繪的那塊郵票大的地方的人類生活所震撼。我們讚美這些偉大的作家，我們順從地被他們所牽引，常常忘記牽引我們的是一種個人的創造力，我們進入的其實是一個虛構的天地，世界在這裡處於營造和模擬之間，亦真亦幻，人類的家園和歸宿在曙色熹微之間，同樣亦真亦幻。我們就是這樣被牽引，就這樣，一個人瞬間的獨語成為別人生活的經典，一個人原本孤立無援的精神世界通過文字覆蓋了成千上萬個心靈。這就是虛構的魅力，說到底這也是小說的魅力。

我想同時代的許多作家都面臨著類似的難題：我們該為讀者描繪一個什麼樣的世界，如何讓這個世界的哲理和邏輯並重，懺悔和警醒並重，良知和天真並重，理想與道德並重，如何讓這個世界融合每一天的陽光和月光。這是一件艱難的事，但卻只能是我們唯一的選擇。

關於短篇小說的幾句話

不管是長篇、中篇還是我這裡要說的短篇，肌理之美是必須的，而血肉的構造尤為重要，構造短篇的血肉，最重要的恰恰是控制。

在區區幾千字的篇幅裡，一個作家對敘述和想像力的控制猶如圓桌面上的舞蹈，任何動作，不管多麼優美，也不可氾濫，任何鋪陳，不管多麼準確，也必須節約筆墨，對於激情過度的作家來說，短篇不能滿足激情的需要，因為激情在這裡最終將化為一種平衡的能力。

短篇也能講一個故事，但是我們不能在故事中設置衝突了，短篇也要講究人物，可是我們無法用很多文字去刻畫人物性格了，我們唯一需要解決的問題還是如何控制的問題。

控制文字很大程度上就是控制節奏，正如卡爾維諾所說，短篇小說是一輛馬車，它怎麼跑，跑得多快，完全要取決於路面的交通情況，因此寫作短篇的時候，我們的眼睛要睜得更大一些，以便看清楚前方的路面。

自序七種

一《少年血》自序

包括剛剛脫稿的〈游泳池〉等三個短篇，這本集子的創作時間橫亙八年之久，是我多年來對短篇的迷戀和努力的心血結晶，對於我個人來說，我將特別珍視這本集子。

編輯順序與創作時間恰恰相反，第一輯中的一個小中篇和八個短篇是一年來的近作，第二輯收的作品大約都寫於一九八八年到一九九〇年這段時間，第三輯則是從一九八八年前的作品堆裡挑選出來的。

〈桑園留念〉寫於一九八四年十月，那時候剛從學校畢業來到南京工作，認識了幾個志同道合的文學朋友，寫這個短篇的目的似乎是為了扭轉他們對我以前習作的不良印象。我把〈桑〉的原稿從一個朋友家的門縫裡塞進去，我成功了，看過〈桑〉的朋友們都表示了對它的喜歡，自此我對小說創作信心陡增，但是〈桑園留念〉是在全國各家雜誌輾轉三年後才在《北京文學》上正式發表的。

我之所以經常談及〈桑園留念〉，並非因為它令人滿意，只是由於它在我的創作生活中有很重要的意義。重讀這篇舊作似有美好的懷舊之感，想起在單身宿舍裡挑燈夜戰，激情澎湃，蚊蟲叮咬，飢腸轆轆。更重要的是我後來的短篇創作的脈絡從中初見端倪，一條狹窄的南方老街（後來我定名為香椿樹街），一群處於青春發育期的南方少年，不安定的情感因素，突然降臨於黑暗街頭的血腥氣味，一些在潮濕的空氣中發芽潰爛的年輕生命，一些徘徊在青石板路上的扭曲的靈魂。從〈桑園留念〉開始，我記錄了他們的故事以及他們搖晃不定的生存狀態，如此創作使我津津有味並且心滿意足。

我從小生長在類似「香椿樹街」的一條街道上，我知道少年血是黏稠而富有文學意味的，我知道少年血在混亂無序的年月裡如何流淌，凡是流淌的事物必有它的軌跡。在這本集子中我試圖記錄這種軌跡。

《少年血》中還出現了香椿樹街的另一類故事，譬如〈木殼收音機〉和〈一個禮拜天的早晨〉，還有幾篇以鄉村少年為人物的短篇小說，〈狂奔〉、〈稻草人〉等等，或許可以視其為一棵樹上的幾根枝杈？或許這些枝杈比樹幹更加動人一些？或許這些枝杈是我今後的短篇創作的新的意向？

我不能確定以後是否會繼續沉溺在《少年血》的故事中，也無法判斷《少年血》的真正的價值，但這本書無疑將是我的自珍自愛之作。

對於創作者來說，自珍自愛尤其重要。

二《世界兩側》自序

我給這本書定下的書名有點抽象，但也可以顧名思義，它觸及了這個世界的兩側。

一側是城市，一側是鄉村，這是一種對世界的片面和簡單的排列方法。

先說說有關鄉村的部分。細心的讀者可以發現其中大部分故事都以楓楊樹作為背景地名，似乎刻意對福克納的「約克納帕塌浩」縣東施效顰。在這些作品中我虛擬了一個叫楓楊樹的鄉村，許多朋友認為這是一種「懷鄉」和「還鄉」情緒的流露。楓楊樹鄉村也許有我祖輩居住地的影子，但對於我那是漂浮不定的難以再現的影子。我用我的方法拾起已成碎片的歷史縫補綴合，這是一種很好的小說創作的過程，在這個過程中我觸摸了祖先和故鄉的脈搏，我看見自己的來處，也將看見自己的歸宿。正如一些評論所說，創作這些小說是我的一次精神的「還鄉」。〈一九三四年的逃亡〉是我生平第一個中篇小說，寫於一九八六年秋冬之際。現在讀來有諸多不滿之處，但它對於我也有一份特殊的意義。

現在說說世界的另一側，這些有關城市生活的小說。〈燒傷〉等三個短篇是一九九二年的新作，〈平靜如水〉等四個中篇寫於一九八七年或一九八八年。這是一些關於青春期、孤獨、迷惘、愛情、失落、尋找的半流行小說。之所以自詡為「半流行」，是因為這些作品都有著上述流行而通俗的故事線索和內核，也正是這些作品為我獲取了最初的較廣泛的讀者。

我真實的個人生活的影子飄蕩在這些城市青年中，亦真亦幻，透過它我做了一些個人生活的記錄，有關青春和夢想，有關迷惘和尋找，有關我自己、我的朋友和在城市街道擦肩而過的陌生青年。

我把這兩類作品收進《世界兩側》中，就像一個花匠把兩種不同的植物栽在一個園子裡，希望它們看上去和諧而豐富。

人們生活在世界的兩側，城市或者鄉村，說到我自己，我的血脈在鄉村這一側，我的身體卻在城市那一側。

三《婚姻即景》自序

這本書收有我的那些中篇「代表作」，「代表作」當然是指被輿論和廣泛的讀者所關注的作品，換句話說它們是我小說中未受冷落的一批。

先說說〈妻妾成群〉，如今因被改編成電影《大紅燈籠高高掛》而廣為人知。這個結果我未曾預料到。當初寫〈妻〉的原始動機是為了尋找變化，寫一個古典的純粹的中國味道的小說，以此考驗一下自己的創作能量和功力。我選擇了一個在中國文學史上屢見不鮮的題材，一個封建家庭裡的姨太太們的悲劇故事，這個故事的成功也許得益於從《紅樓夢》、《金瓶梅》到《家》、《春》、《秋》的文學營養。而我的創造也許只在於一種完全虛構的創作方式，我沒見過妻妾成群的封建家庭，我不認識頌蓮梅珊或者陳佐千，我有的只是「白紙上好畫畫」的信心和描繪舊時代的古怪的激情。

自〈妻妾成群〉之後又寫了〈紅粉〉、〈婦女生活〉和〈另一種婦女生活〉，這四個中篇曾經作為有關婦女生活的系列由浙江文藝出版社集結出版。我曾以為此類作品難以為繼，沒想到今年又寫了一個〈園藝〉，雖與前述作品的意義不相同，但陰柔的小說基調似乎是相仿的。聯想起從前發表的「創作談」一類文字立志要跳出風格的陷阱，不由有點感慨，以我的寫作慣性來看，跳出「陷阱」不是一件輕而易舉的事，以後斷不敢輕言「跳」與「變」了。

〈已婚男人〉和〈離婚指南〉寫的是男人，一個現實生活中的名叫楊泊的男人，它們是我對自身創作的一次反撥，我試圖關注現實，描摹一個男人在婚姻中的處境，理想主義一點點消逝換之以灰暗而平庸的現實生活，男人困窘而孤獨的一面令人回味。我試圖表現世俗的泥沼如何陷住了楊泊們的腳、身體甚至頭腦，男人或女人的恐懼和掙扎構成了大部分婚姻風景，我設想當楊泊們滿身泥漿爬出來時，他們疲憊的心靈已經陷入可怕的虛無之中。這或許是令人恐懼的小說，或許就是令人恐懼的一種現實。

多年來我苦心經營並努力完善著我的文學夢想，有機會將我的絕大部分中短篇作品一起出版，是我近年來最快樂的一件事，為此我要謝謝江蘇文藝出版社和有關的朋友們。

四《末代愛情》自序

一九九三年遙遠的波黑依然是戰火紛飛生靈塗炭，我經常從電視上看見一些年輕英俊的斯拉夫人種的士兵在硝煙中穿行的鏡頭（或是斷了一條腿躺在擔架上）。也是在電視上，我看見無數男歡女愛糾纏不清沒完沒了的連續劇，每劇必有一首悽愴動情的主題歌，每天夜裡準時刺痛你的耳膜。

那恰恰是世界的兩個方面，一個是真實而平靜的血，一個是虛幻的賺人眼淚的戲。我們只能生活在其中，玩味他人或者被他人玩味，去打仗或者製造打仗的武器，去演戲或者欣賞別人演戲。我們只能這樣，不管是一九九三年，還是一九九二年或一九九四年。

一九九三年像所有的年份一樣，對於我也是有苦有樂。一九九三年南京的夏天並不很熱，相信冬天也不應太冷，正如我蝸居在閣樓上寫出的作品，不是很精采，但也不會讓我很失望。

寫作者為自己作品的好壞擔驚受怕，本身是一件令人憂慮的事，但我不想避讀這種忐忑的心情。好在那篇作品完了，我又可以寄希望於下一部小說了。

與我同住南京的作家葉兆言說，作家就他Ma的得寫。

隨遇而安，隨遇而樂，最重要的是保持一種良好的創作心情——是不是這樣？我想應該是這樣。一九九三年冬天的夜晚，窗外寒風呼嘯，我聽見一個聲音在冥冥中說：你一個字一個字地到底要寫到什麼時候？另一個聲音卻說：寫你的吧，別東張西望，你以為你是什麼東西？除了寫作你還能幹什麼？

還能幹什麼？嗯？

五《後宮》自序

這裡有兩座宮廷，兩種歷史。

《我的帝王生涯》是我隨意搭建的宮廷，是我按自己喜歡的配方勾兌的歷史故事，年代總是處於不詳狀態，人物似真似幻，一個不該做皇帝的人做了皇帝，一個做了皇帝的人最終又成了雜耍藝人。我迷戀於人物峰回路轉的命運，只是因為我常常為人生無常歷史無情所驚懾。

《武則天》在我自己看來是個中規中矩的歷史小說，儘管我絞盡腦汁讓這篇小說具有現代小說的功能，但它最終還是人們所熟悉的一代女皇武則天的故事，不出人們之想像，不出史料典籍半步，我沒有虛構一個則天大聖皇帝的欲望，因此這部小說這個著名的女人也只能落入窠臼之中。

一個是假的？一個是真的？

其實也不盡然，姑且不論小說，人與歷史的距離亦近亦遠，我看歷史是牆外笙歌雨夜驚夢，歷史看我或許就是井底之蛙了。什麼是真的？什麼是假的呢？

六《米》自序

《米》寫於一九九〇年與一九九一年冬春兩季，那是我的第一次長篇小說的創作實踐，剛動筆寫第一章時我年輕氣盛，寫到中途時面黃肌瘦，春天終於完稿時我幾乎是老態龍鍾了。我這麼回憶《米》的創作過程並非輕薄之言，只是它第一次讓我深刻感受了創作的艱辛和磨難。

《米》發表以後我聽到了兩種截然不同的意見，我至今仍然十分感激那些對其讚譽有加的朋友。而當初那些尖銳的由表及裡的批評在我記憶中也並無惡意，它幫助我反省我的作品內部甚至心靈深處的問題。這部小說使我心懷歉疚，歉疚來自於自我審視後的結論：我自己覺得小說中的某些細節段落尤其是性描寫有譁眾取寵之心。

無論你靈魂的重量如何壓住小說的天平，靈魂應該是純潔的，當然這不僅僅是

《米》給我的誡條。

《城北地帶》是我的長篇新作，在我寥寥幾部長篇中，它是尤為特殊的一部，因為小說中的人物都是我真實生活中童年記憶中閃閃爍爍的那一群，我小說中的香椿樹街在這裡是最長最嘈雜的一段，而藉小說語言溫習童年生活對於我一直是美好的經驗。我之所以執著於這些街道故事的經營，其原因也非常簡單：炊煙下面總有人類，香椿樹街上飄散著人類的氣息。

作為我的文集的第六種，這本書恰巧收進了我的長篇處女作和最新作品，恰巧可以讓我和我的讀者們一起回顧一下：從彼地到此地，這個人他一直喋喋不休地在說些什麼？

七《蝴蝶與棋》自序

短篇小說的創作花費了我近年來最主要的精力，現在能以如此快捷的速度將這些短篇推向讀者，高興之餘亦頗為惶恐。

我不知道讀者是否會理解並讚賞這些處於風格變化中的作品。事實上我自己也不能確定這種變化的價值。許多作家對於藝術的見解是一廂情願的，而一廂情願的創作通常導致兩種結果：或者在困境中獲取真正獨特的藝術生命，或者看著黑暗漸漸吞噬你手中的最後一根蠟燭。

寫作者終其一生都在設法建造他想像中的文學建築，它的空間至少得由幾面牆圍成，而這幾面牆的建設恰恰是需要你嘔心瀝血的。在沙林傑最優秀的短篇小說〈獻給艾絲美〉中，一個小男孩讓軍人猜了一個謎語：一面牆對另一面牆說了什麼？這個謎語的謎底是：牆角見。我常常想起這個謎語和謎底，我想一面牆遲早該和另一面牆見面的，許多創作者因此精心規畫著那些牆角，企望這面牆與那面牆的完美的會合。

但是一切都懸而未決，這便是我或我們大家的惶恐的根源。

我為什麼寫〈妻妾成群〉

一九八九年春天的一個夜晚，我在獨居的閣樓上開始了〈妻妾成群〉的寫作，這個故事盤桓於我想像中已經很久。

「四太太頌蓮被抬進陳家花園的時候是十九歲……」當我最後確定用這個長句做小說開頭時，我的這篇小說的敘述風格和故事類型也幾乎確定下來了。對於我來說，這樣普通的白描式的語言竟然成為一次挑戰，真的是挑戰，因為我以前從來未想過小說的開頭會是這種古老平板的語言。

激起我創作欲望的本身就是一個中國人都知道的古老的故事。妻、妾、成、群，這個篇名來源於一個朋友詩作的某一句，它恰如其分地概括了我頭腦中那個模糊而跳躍的故事，因此我一改從前為篇名反覆斟酌的習慣，直接把它寫在了第一頁稿紙上。

或許這是一張吉祥的符咒，正如我的願望一樣，小說的進程異常順利。

新嫁為妾的小女子頌蓮進了陳家以後怎麼辦？一篇小說假如可以提出這種問題也就意味著某種通俗的小說通道可以自由穿梭。我自由穿梭，並且生平第一次發現了白描式的古典小說風格的種種妙不可言之處。

自然了，鬆弛了，那麼大大咧咧搔首弄姿一步三嘆左顧右盼的寫作方法。

〈妻妾成群〉這樣的故事必須這麼寫。

春天以後窗外的世界開始動蕩，我的小說寫了一大半後鎖在了抽屜裡，後來夏天過去秋天來了，我看見窗外的樹木開始落葉，便想起我有一篇小說應該把它寫完。

於是頌蓮再次出現在秋天的花園裡。

我想寫的東西也更加清晰起來。我不想講一個人人皆知的一夫多妻的故事。一夫四妻的封建家庭結構正好可以移植為小說的結構，頌蓮是一條新上的梁柱，還散發著新鮮木材的氣息，卻也是最容易斷裂的。

我不期望在小說中再現陳家花園的生活，只是被想像中的某些聲音所打動，頌蓮們在雪地裡躡足走動，在黑屋裡掩面嗚咽。不能大步走路是一種痛苦，不能放聲悲哭是更大的痛苦，頌蓮們懼怕井台，懼怕死亡，但這恰恰是我們的廣泛而深切的痛苦。

痛苦中的四個女人，在痛苦中一起拴在一個男人的脖子上，像四個枯萎的紫藤在稀薄的空氣中互相絞殺，為了爭奪她們的泥土和空氣。

痛苦常常釀成悲劇，就像頌蓮的悲劇一樣。

事實上一篇小說不可能講好兩個故事，但一篇小說往往被讀解成好幾種故事。

譬如〈妻妾成群〉，許多讀者把它讀成一個「舊時代女性故事」，或者「一夫多妻的故事」，但假如僅僅是這樣，我絕不會對這篇小說感到滿意的。

是不是把它理解成一個關於「痛苦和恐懼」的故事呢？

假如可以做出這樣的理解，那我對這篇小說就滿意多了。

我為什麼寫《菩薩蠻》

我一直想在一部小說中盡情地描摹我所目睹過的一種平民生活，我一直為那種生活中人所展示的質量唏噓感嘆，我一直覺得有一類人將苦難和不幸看作他們的命運，就是這些人且愛且恨地生活在這個嘈雜的世界上，他們唾棄旁人，也被旁人唾棄，我一直想表現這一種孤獨，是平民的孤獨，不是哲學家或者其他人的孤獨。

因此我寫了《菩薩蠻》。

這是一個發生在南方一個平民家中的故事，是一個傳統的一家人的故事，只是所有的敘述通過亡父華金斗的幽靈來完成。

故事發生時間：六〇年代——八〇年代。

敘述人華金斗是個怨天尤人牢騷滿腹的幽靈，這個人已經死去，做一個飄蕩的幽靈，不用吃飯，省了口糧，不用穿衣，省了布線，這一點他很滿意，但他既然已經死去，就管不了家裡人的閒事，這使他在天上仍然怒火滿腔。死人不願安息，注定是一個痛苦而孤獨的幽靈。

大姑是活著的，如此她就要照顧哥嫂遺留下來的五個子女。大姑對孩子們的愛是一鍋黏稠的粥，看不見清晰的內容，但正是這種粥型之愛餵飽了孩子們，使他們長大成人。大姑在漫長的歲月中頑強地責備整個世界，呵護華家的孩子，因為太忙太累她來不及思考，所以她並不知道她的孤獨，在我看來，大姑這樣的女性，不懂孤獨便是她的孤獨。

說到華家的孩子們，除了二女兒新梅，幾乎個個讓華金斗恨鐵不成鋼，可是新梅卻讓一個渾小子騙大了肚子，紅顏早逝，剩下的三女一男，他們從小就跟父親的亡靈對著幹，雖然結結巴巴地長大成了人，但又算什麼玩意兒？尤其是華家的唯一的兒子，他竟然不能為華家傳繼血脈，整天跟男人在一起鬼混。用港台流行的說法，他是一個可惡的「基佬」。

我寫了一個痛哭的幽靈，他不知道自己為什麼遭此磨難，後來他就不想管人間的什麼閒事了，他想法去了地獄，把更大的孤獨留給別人，留給我，留給我們大家。

當代名家・蘇童作品

童言童語

2013年3月初版　　定價：新臺幣250元

著　　者　蘇童
發行人　林載爵

出版者　聯經出版事業股份有限公司
地　　址　台北市基隆路一段180號4樓
編輯部地址　台北市基隆路一段180號4樓
叢書主編電話　(02)87876242轉203
台北聯經書房：台北市新生南路三段94號
電　　話：(02)23620308
台中分公司：台中市健行路321號
暨門市電話：(04)22371234ext.5
郵政劃撥帳戶第0100559-3號
郵撥電話：(02)23620308
印刷者　世和印製企業有限公司
總經銷　聯合發行股份有限公司
發行所：新北市新店區寶橋路235巷6弄6號2樓
電　　話：(02)29178022

叢書主編　胡金倫
校　　對　簡敏麗
整體設計　繁花似錦

行政院新聞局出版事業登記證局版臺業字第0130號

本書如有缺頁，破損，倒裝請寄回台北聯經書房更換。　ISBN 978-957-08-4143-5 (平裝)
聯經網址：www.linkingbooks.com.tw
電子信箱：linking@udngroup.com

國家圖書館出版品預行編目資料

童言童語/蘇童著．初版．臺北市．聯經．2013年3月（民102年）．224面．14.8×21公分
（當代名家・蘇童作品）

ISBN 978-957-08-4143-5（平裝）

855　　102002495